Über dieses Buch
schrieb Peter Jokostra in der ›Welt‹:

»Ihr Roman aus einer unruhigen, von revolutionärer Spannung brodelnden Türkei besitzt jene epische Dichte, wie sie heute nur noch selten von Erzählern erreicht wird. Es gibt kaum Vergleiche. Sicher wurde der jungen Österreicherin diese Entwicklung dadurch erleichtert, daß ihr die Lyrik, die poetische Prosa nicht – wie so mancher Autorin, die vom Gedicht zur Erzählung überging und dabei den Weg verfehlte – das Konzept verdarb. Barbara Frischmuth zeigt eine ungewöhnliche Sicherheit im Berichten und Fabulieren.«

Die Autorin

Barbara Frischmuth wurde am 5. 7. 1941 in Altaussee geboren. Sie studierte Orientalistik und hielt sich längere Zeit in der türkischen Stadt Erzurum auf. Heute lebt sie in Wien. Wichtige Werke: ›Die Klosterschule‹ (1968), Prosa; ›Die amoralische Kinderklapper‹ (1969), ›Rückkehr zum vorläufigen Ausgangspunkt‹ (1973), ›Haschen nach Wind‹ (1974), Erzählungen; ›Die Mystifikationen der Sophie Silber‹ (1976), ›Amy oder Die Metamorphose‹ (1978), ›Kai und die Liebe zu den Modellen‹ (1979), Romane.

dtv
neue reihe
Literarische Beratung:
Horst Bienek

Barbara Frischmuth:

Das Verschwinden des Schattens in der Sonne

Roman

Deutscher
Taschenbuch
Verlag

dtv

Von Barbara Frischmuth
sind im Deutschen Taschenbuch Verlag erschienen:
Rückkehr zum vorläufigen Ausgangspunkt (sr 5455)
Die Mystifikationen der Sophie Silber (sr 5466)

Ungekürzte Ausgabe
April 1980

Umschlaggestaltung: Celestino Piatti
Umschlagfoto: Residenz Verlag, Salzburg
Satz: IBV Lichtsatz KG, Berlin
Druck und Bindung: C. H. Beck'sche Buchdruckerei,
Nördlingen
Printed in Germany · ISBN 3-423-06302-5

»O Mahi-Scheker«, antwortete der Papagei, »die Geschichte, die ich dir erzählen wollte, erfordert lange Zeit, und schon jetzt ist der Augenblick da, wo du zu deinem Geliebten gehen mußt. Es ist eine Geschichte, die man sich wohl zunutze machen möchte, aber sie ist etwas lang; ich fürchte, ich halte dich von deinem Weg ab. Ich will dich nicht festhalten, darum geh jetzt; nachher steht uns ja reichlich Zeit zu Gebote, und ich erzähle sie dir.« – Mahi-Scheker indessen erwiderte: »Ich bitte dich, erzähle jetzt, ich möchte hören und mich belehren – was ist das für eine Geschichte?«, worauf der Papagei anhub.

Das Papageienbuch

Diese Stadt, mir wird noch träumen von dieser Stadt!

Das sagte ich oft, so als säße ich in einem Zug, der sie gerade verlassen hat. Als hätte ich sie bereits hinter mir und könnte zu erzählen anfangen. Die vielen Geschichten, die ich gehört, erlebt, mir ausgedacht hatte. Und keiner könnte sich gleich einen Reim darauf machen. Wortreich, aber mit Vorsicht, um Mißverständnissen vorzubeugen. Damit sie mir nichts mehr anhaben könnten, die Sätze und die Zusammenhänge. Ich wünschte, ich wäre schon so weit weg, daß ich wieder in meiner eigenen Sprache träumte. Dann spielen die Bilder keine Rolle. Ich würde aufwachen und mich erinnern, ein ganzes Frühstück lang, bis ich die Tage durcheinander brächte, vielleicht auch die Personen. Wovon war damals bloß die Rede, würde ich mich fragen, und dann wäre es soweit. Ich könnte mir einen Ton einfallen lassen, einen bestimmten Erzählton, der ihnen ihren Platz zuweist. Und ich würde darauf achten, daß ich kein Aufheben von den Dingen machte, es fahren zu viele Leute von hier nach dort.

Noch geschah alles. Wenn ich aufwachte, war ich in der Stadt und am Haus ging ein Trödler vorbei, der seinen Spruch aufsagte. Oder ein Joghurtverkäufer, und Sevim lief barfuß hinaus und ließ sich aus einer der Schüsseln, die ihm an einem Joch von den Schultern hingen, etwas auf ihren Teller geben. Ich stellte das Teewasser auf und Turgut ging in den Hof hinaus. Er nahm die Stühle, die an der Hauswand lehnten, und stellte sie um den Tisch herum. Dann riß er ein paar Blätter vom Basilikumstrauch, den Sevims Mutter in einen leeren Ölkanister gepflanzt hatte, zerrieb sie zwischen den Fingern und roch daran.

Die Tage fingen alle gleich an. Wir aßen Oliven und weißen Käse und saßen in der Sonne, der wir den ganzen Tag über aus dem Weg gingen. Es war der heißeste Frühsommer seit Jahren, oder kam es nur mir so vor, weil ich noch nichts Vergleichbares erlebt hatte. Das Wasser war knapp und wurde tagsüber in Eimern und Becken gespeichert. Jede kleinste Brise, die sich von der Meerenge herauf in die Stadt verirrte, hob Schwaden von Staub auf, der an der feuchten Haut kleben blieb.

Wir gingen gemeinsam aus dem Haus, mit sauberen Füßen und trockenen Händen, und kamen einzeln zurück, im Lauf des Nachmittags oder gegen Abend, verschwitzt und mit dunklen Rändern an den Kleidern.

Seit Sevims Eltern nach Burza gefahren waren, übernahm ich

manchmal zusammen mit Turgut das Einkaufen. Allein trauten sie es mir nicht zu. Höchstens Brot holen oder Zucker vom Kaufmann, zwei Gassen weiter. Aber niemals eine Melone oder ein Stück Hammel.

Am liebsten ging ich auf den Fischmarkt. Wie aufgebahrt lagen die größeren Fische auf Eis, während man den mittleren Drahtschlingen durch die Kiemen zog und sie aufhängte, wie einen Schlüsselbund. Die kleinen lagen in Kisten, aus denen dann eine Handvoll herausgenommen wurde. Ich verglich die Farbe der Scampis, der Krabben und der Hummern miteinander und gab acht, welche Leute welche Fische kauften und ob sie zu ihren Gesichtern paßten, ob sie sie anfaßten, wenn der Verkäufer sie ihnen hinhielt, um zu zeigen, was für festes Fleisch sie hatten, ob sie die Probe machten und sich davon überzeugten, daß die Druckstelle der Finger sofort wieder verschwand, und ob sie ganz nahe mit der Nase herangingen, um ihren Geruch zu prüfen. Es gab Leute, die verließen sich nur auf den Verkäufer, auf seine Gesten, sein Mienenspiel. Sie kamen geradewegs auf einen Stand zu, kauften was sie kaufen wollten und sahen sich erst beim Weggehen die Ware der anderen Verkäufer an, verglichen sie mit dem, was sie selbst gekauft hatten, so lange, bis sie davon überzeugt waren, daß sie gut gekauft hatten. Turgut hingegen ging den ganzen Fischmarkt ab, berührte an jedem Stand zumindest einen Fisch, aber so, daß der Verkäufer es nicht merkte, dabei hätte der ihm mit großer Bereitwilligkeit seine Ware gezeigt. Erst dann war er bereit, sein Geld auszugeben.

In den Bazar ging ich meistens allein und ohne etwas zu kaufen. Es fiel mir noch immer schwer, mich zu orientieren. Ich erkannte die Hauptstraßen wieder und einige Geschäfte, aber es fehlte mir jegliche Einsicht in das System von überdachten Straßen, Gassen und kleinen Plätzen. Ich hatte Angst vor Bränden und das Wort Lauffeuer löste eine Panik in mir aus.

Man nahm den Bazar schon wahr, bevor man ihn sehen konnte. Ich weiß nicht, woran es lag, am Zunehmen der Lastträger, denen man ausweichen mußte, am Hämmern der Kupferschmiede, an den vielen Wasser- und Sorbetverkäufern oder an den Blicken der Leute, die so etwas wie eine Zielrichtung erkennen ließen. Aber da war noch etwas, das sich schwer formulieren läßt, so als wäre etwas gesagt, wenn ich vom Magen dieser Stadt spreche, deren Vergleich mit etwas Leiblichem unangemessen ist. Eine Stadt ist eine Stadt, sage ich mir, und es wäre falsch, sie mit etwas gleichzusetzen, das sie um einer angenommenen, allgemeinen Verständlichkeit willen mißverständlich werden läßt.

Aber seit ich diese Sprache spreche, die die Seele als einen Vogel sieht, verfolgen mich solche Bilder.

Wir hatten uns alle in der Gasse der Antiquare getroffen, Turgut, Sevim, Ayten, Aksu, Engin Bey, die Tatarin und ich, und lange über den Zufall geredet. Dann gingen wir in den Teegarten hinter der Bayezit-Moschee, aber Aksu blieb nicht lange. Im Spital warteten Patienten auf ihn. Eigentlich fehlte nur Süheyla, die ich noch nicht kannte. Vielleicht war sie ebenfalls da und saß nur an einem anderen Tisch, ohne daß ich es merkte. Sie war die Schwester von Mahmut, mit dem ich korrespondiert hatte, bis er eingezogen und an einen Truppenstützpunkt im Osten versetzt worden war. Es wäre einfach gewesen, Süheyla zu treffen. Ich hatte ihre Adresse und hätte nur hingehen müssen. Der Gedanke, ihr irgendwann einmal auf der Straße zu begegnen, kam mir selbst absurd vor, dennoch rechnete ich damit. Ich war sicher, daß ich sie erkennen würde, obwohl das Foto, das ich mit mir herumtrug, retuschiert war. Es war ein Paßbild und zeigte Süheyla in einem schweren Mantel, dessen Kragen in einen Schal auslief. Süheyla trug in meiner Vorstellung immer einen Wintermantel mit Schalkragen, und ich sah sie über einen verschneiten Platz gehen, im Schneematsch vor einer Dolmusch-Haltestelle Schlange stehen oder unter den Bäumen von Çamlica mit Schneebällen werfen. Wie immer, wenn die Tatarin mir eine Geschichte erzählte, legte sie die linke Hand auf meinen Arm, während sie sich die rechte so vor den Mund hielt, daß nur ich verstand, was sie sagte. Sie trug grüne Lidschatten und silberne Ohrringe mit Halbmond und Stern. Wir hatten Tee bestellt und sie nahm ein Stück Zucker zwischen die Zähne und goß so lange Tee nach, bis es geschmolzen war. Dann fragte sie mich, ob ich die Geschichte schon kenne, und ich verneinte auf gut Glück. Und wie immer erklärte sie mir zuerst, daß Haci Bektaş Veli der Begründer des Derwischordens der Bektaschi gewesen sei.

Als *er* von Horasan nach Anatolien kam, nahm *er* bei einem gewissen Idris Hoca Quartier. Manche sagen, bei Kadıncık Ana, der Frau des Idris, da diese *ihn* zuvor schon im Traum gesehen hatte. Kadıncık Ana soll *ihn* sehr verehrt haben und viele sagen, *er* hätte mit ihr, während die anderen behaupten, *er* hätte nicht mit ihr. Überliefert ist, daß *er* ihr zu Söhnen verholfen hat. Die einen sagen, *er* hätte das mit seiner Wunderkraft an sich bewirkt und die Söhne seien von Idris gewesen, wohingegen die anderen behaupten, die Kraft wäre einzig und allein die *seiner* Lenden gewesen. Saru, der Bruder des Idris, gehörte zu den letzteren. Er ließ sich auch durch ein paar gewirkte Wunder nicht von seiner Überzeugung abbringen.

Da das auf die Dauer kein Zustand war, nahm *er* den Saru zu einem Spaziergang mit. Es war Winter und überall lag Schnee. Da sagte *er* zu Saru, er solle *ihm* ein paar Früchte pflücken, was Saru mit dem Hinweis auf die Jahreszeit ablehnte. Auch wollte er sich nicht von einem, von dem er glaubte, daß *er* es mit seiner Schwägerin triebe, herumkommandieren lassen.

Da stieg *er* selbst auf den Baum und als *er* oben angelangt war, stand derselbe voller Äpfel. Saru aber stand darunter und konnte *ihm* unter den Kaftan schauen. Was er da sah, brachte ihn von jeglichem Verdacht ab. Anstelle der Hoden hatte *er* nämlich ein weiße und eine rote Rose hängen. Saru schwor seiner Ungläubigkeit ab und wurde ein Anhänger, was ihm aber nicht mehr geholfen hat. *Er* hatte trotzdem einen bösen Wunsch über ihn ausgesprochen. Keine Arznei würde ihm helfen, wenn sein Körper anschwellen, Blasen treiben und gelbes Wasser ausscheiden würde, und alle seine Nachkommen sterben an jener schrecklichen Krankheit. Von allen anderen Krankheiten werden sie wieder gesund, wenn aber die Zeichen auftreten, bereiten sie ihr Leichentuch.

Ich wollte wissen, wo die Tatarin die Geschichten her hatte, aber sie lachte nur.

Zur Universität ging ich selten. Alle fragten sie mich nach meiner Arbeit, aber ich antwortete immer etwas anderes. Nur Engin Bey sagte ich die Wahrheit. Ich wußte zwar, welches Material ich bearbeiten wollte, nur nicht, von welchem Gesichtspunkt aus. Ich hatte noch keine Frage gefunden und war mir nicht klar darüber, was ich überhaupt beweisen sollte.

Ayten und Sevim verabschiedeten sich bald. Sie wunderten sich noch immer darüber, daß wir uns alle getroffen hatten, ohne miteinander verabredet zu sein. Engin Bey und die Tatarin blieben sitzen. Sie warteten wirklich auf jemanden, der sich aber offensichtlich verspätet hatte oder überhaupt nicht mehr kam. Sie mußten lachen, als wir davon sprachen.

Wir gingen wieder durch die Gasse der Antiquare. Turgut begleitete mich ein Stück bis zu einem bestimmten Laden, vor dem ich stehen blieb. Ich sah ihm nach, wie er, ohne sich umzudrehen, die Steinstufen zur Gasse der Kupferschmiede hinunterging und nach rechts in Richtung Yeniçeriler caddesi abbog. Ich stand in der prallen Sonne und beobachtete einen unansehnlichen weißen Hahn, der im Schatten einer der Tische, auf denen alte Zeitschriften und gebrauchte Lehrbücher zum Verkauf auslagen, saß und im Staub scharrte. An die dreißig Touristen überschwemmten die Gasse. Sie schienen zusammenzugehören. Von Zeit zu Zeit drehten sie die Gesichter einer Frau zu, deren Stimme sie zu dirigieren suchte. Ich stellte mich in die Eingangstür des Ladens, um nicht mitgerissen zu werden, und erhielt einen Schlag vom Objektiv einer Kamera. Jemand entschuldigte sich auf Französisch, doch bevor ich etwas erwidern konnte, gingen schon andere an mir vorüber, mit verbrannten Schultern und geschwollenen Augen, hinter dem nicht Versäumbaren her.

Ich erschrak vor der Ähnlichkeit, die ich mit diesen Leuten noch hatte, in meinem Verlangen, alles zu sehen, jeden Weg zumindest einmal gegangen zu sein, einen Überblick zu bekommen. So als wohnte ich nicht wirklich in der Stadt, sondern ginge nur in ihr umher. Es kam mir noch darauf an, sie mir Stadtteil für Stadtteil vor Augen zu führen, zu wissen, wo ich war, wie weit es von hier nach dort war, welche Verbindungen es gab. Ich besaß Stadtpläne, auf denen ich die mir bekannten Straßen nachzog, auf denen ich bestimmte Orte mit Kreuzen und Kreisen markierte, je nachdem, welche Art von Bedeutung sie für mich hatten. Einmal zog ich auch die Stadtmauer nach, ohne mir vorzunehmen, den Weg vom Goldenen Horn bis ans Marmara-Meer wirklich abzugehen, obwohl ich es inzwischen, wenn auch nur Stück für Stück, sicher getan habe.

Der Antiquar begrüßte mich, indem er meinen Namen aussprach. Er legte Bücher auf den Ladentisch, schob sie mit einem Griff auseinander, daß sie wie ein Fächer vor mir lagen. Ich setzte mich, griff danach, blätterte; er holte immer neue Bücher und legte mir eins davon in den Schoß. Ich stieß auf eine Abbildung mit nicht korrekt aufgedrucktem Goldrand: In der Mitte liegt ein Kopf, der den arabischen Buchstaben *Ha* darstellt. Es sind zwei Augen hineingezeichnet, aus denen ein Meer von Tränen rinnt. In dem Meer haben sich zwei Inseln gebildet, auf denen vereinzelt Büsche und Sträucher wachsen. Zu beiden Seiten der weinenden Augen speien rötliche Berge Feuer, und dahinter türmt sich ein schwarzes, mehrstöckiges Gebirge, das mit Buchstaben und einem pfeildurchbohrten Herzen übermalt ist. Aus der rechten Insel des Tränenmeers ragt ein hochgezogenes *Elif*, aus dem Rauch fährt und das von einem Blitz umzuckt wird. Eine schwarze, hinter einem Berggipfel versinkende Sonne sticht mit goldenen Strahlen in den gelblichen Himmel, auf dem, nicht weit vom Widerhaken des *Elif* entfernt, ein ebenfalls schwarzer Halbmond aufgeht.

Das Bild hat einen eigenen Namen und kommt in mehreren Varianten vor. Ich las mehrere der Kommentare, die Bildunterschriften, meist Vermutungen. Nur etwas war unverkennbar: der Wunsch, alles als etwas Geschriebenes erscheinen zu lassen. Der Buchstabe soll Rechtmäßigkeit vortäuschen, um das Abbild vor der Zerstörung zu schützen.

Dabei beruht alles auf einem Irrtum, sagte der Antiquar. Muhammed selbst hat die Bilder nicht verboten. Es war nur so, daß der Engel nicht bei ihm eintreten konnte, solange sie an den Wänden hingen. Auf dem Boden liegend haben sie dem Engel nicht mehr geschadet.

Es gibt verschiedene Gruppen von Bildern. Die unanfechtbaren stellen Gegenstände dar, Moscheen, Schiffe, Leuchter, Krüge und Derwischmützen. Reine Kalligraphie. Dann kommen Vögel, Löwen, Kamele und Fische. Die anrüchigen sind die mit menschlichen Gesichtern.

Man kümmert sich wieder mehr um die Vergangenheit, sagte der Antiquar. Aus den Bildern und der Literatur der Derwische läßt sich eher eine Tradition für uns ableiten, als aus der Miniatur-Malerei und der Divan-Literatur.

Ich zeigte mich sehr interessiert an dieser Art von Büchern, und der Antiquar versprach, mich vorzumerken. Allerdings hätte er auch noch andere Kunden mit ähnlichen Wünschen. Ob ich die alte Schrift überhaupt lesen könnte? Wenn ich das Wort erkenne, dann schon, sagte ich. Er deutete auf ein Schild, das an einer Schnur von einem Nagel an der Wand hing. Es war eine in Zierschrift geschriebene Bismillah, wie ich sie auch schon in Autos hatte hängen sehen. Ich erkannte sie eher als Gesamtes, als daß ich sie Buchstabe für Buchstabe hätte lesen können, und ich sagte sie ihm langsam auf. Maşallah, sagte der Antiquar und klopfte mir auf die Schulter.

Wenn ich nach Hause kam, war Sevim meist schon da. Wir küßten uns und ich ging ins Badezimmer. Ich hatte eine eigene Badeschale aus verzinntem Kupfer und eigene Badeschuhe, die aus einer dicken Holzsohle und einem Zehenriemen bestanden, den man aus einem alten Autoreifen geschnitten hatte.

Die Abende verbrachten wir im Hof. Wenn Turgut bis zum Einbruch der Dunkelheit nicht zurück war, aßen wir alleine, doch bereitete ihm Sevim etwas vor. Er stammte aus einer Kleinstadt im Osten und war mit ihr verwandt.

Manchmal gab ich Sevim Deutschunterricht, aber ich tat es ungern. Sie wurde mürrisch und rechthaberisch, wenn ich sie verbesserte, und beklagte sich darüber, daß es nicht schnell genug ging. Sie hätte gerne schon Deutsch unterrichtet, bevor sie sich recht damit auskannte.

Oder wir redeten über das Haus. Es sollte im nächsten Jahr abgerissen werden, um einem neuen Trakt des Guraba-Spitals Platz zu machen. Als Sevim davon erfahren hatte, war sie selbst zur Stadtverwaltung gegangen, um den Abbruch zu verhindern. Doch dort machte man ihr bloß Vorhaltungen. Wie sie als Einzelperson es fertigbrächte, sich gegen den Fortschritt des Gesundheitswesens ihrer Stadt zu stellen, wo die ganze Nation daran arbeite, die Fehler der Vergangenheit gutzumachen, das Versäumte nachzuholen. Sie sollte bedenken, wie unwesentlich ein Haus, das nur eine Familie beherberge, im Vergleich zu einer neuen Klinik wäre, in der Hunderte Menschen untergebracht werden könnten und von der sie gar nicht wüßte, wie bald sie sie selbst in Anspruch nehmen müsse.

Sevim schämte sich, weil sie hingegangen war. Sie bezeichnete sich als schlechte Patriotin und ließ ihre Schülerinnen einen Aufsatz mit dem Thema schreiben: »Wie verhalte ich mich richtig, wenn mein Haus zu einem sozialen Zweck abgerissen werden muß, obwohl es noch nicht baufällig ist?«

Wenn wir davon sprachen, erzählte sie Dinge, die mit dem Haus zu tun hatten, aber sie äußerte nicht einmal mehr den Wunsch, daß es stehenbleiben möge, und auch ich durfte nichts Derartiges erwähnen.

Sevims Art, für mich zu sorgen, ließ keinen Widerspruch zu. Sie bestimmte, wann ich aufstand, was ich aß, welches Kleid ich anzog. Ich hatte angefangen, auch abends außer Haus zu essen. Wenn ich dann kam, stand sie mit einer Schüssel gefüllter Weinblätter oder mit Pasteten vor mir und zwang mich, sie zu essen. Wenn ich ablehnte, brachte sie die Schüssel zurück in die Küche und redete nicht mehr mit mir. Bis ich aufstand und die Schüssel wieder aus der Küche holte.

Sevims Aufmerksamkeit entging nichts, keine zufällige Rötung der Haut und kein Insektenstich. Wenn ich Blasen an den Füßen hatte, wollte sie sie unbedingt aufstechen, und wenn ich es nicht zuließ, wollte sie zumindest wissen, wo ich sie herhatte. Dabei war ich ständig in Angst, sie würde bloß darauf warten, daß ich nicht mehr daran dachte, und dann zustechen.

Ich hatte Ayten in der Nähe der Schule, in der sie und Sevim unterrichteten, getroffen und sie ein Stück begleitet. Dann war ich in Richtung auf das Islamische Museum weitergegangen, jedoch vor der Süleymaniye stehengeblieben. Ich mochte diese Moschee. Sie war so groß, und trotzdem wurde ich das Gefühl nicht los, daß ihre Kuppel eines Tages davonfliegen könnte, ohne besondere Anstrengung, als wäre es nur vorübergehend, daß sie mit den Mauern einen Kristallisationsprozeß eingegangen war. Sie war heller als alle anderen Moscheen, aber trotzdem kühl. Es gab nichts, was einen von der Art, in der sie gebaut war, ablenkte. Keine besonderen Ornamente, keine seltenen Fayencen, nicht einmal unter den Teppichen waren welche, die man unbedingt ansehen mußte. Es war einfach so, daß man dastand und sie anschaute, ohne daß sich dem Blick etwas entgegenstellte. Ich war müde und wollte mich ausruhen. Es war niemand zu sehen, und ich setzte mich auf den Boden, lehnte mich mit dem Rücken an eine Säule und schlug die Beine leicht übereinander. Ich mußte geschlafen haben, denn plötzlich spürte ich, wie mich jemand anstieß, und als ich die Augen öffnete, sah ich zwei Frauen neben mir hocken. Eine von ihnen hielt mir ein Glas Tee hin. Ich nahm es, aber es war so heiß, daß ich es nicht in der Hand behalten konnte. Sie lachten und zeigten auf einen Samovar, in dem Wasser kochte. Dann begannen sie auf mich einzureden, schienen aber keine Antwort zu erwarten. Ich bedankte mich mit einer Reihe von Sätzen, aber das brachte sie nicht von der Überzeugung ab, daß ich fremd sei und ihre Sprache nicht verstehen könnte. Auch mir kamen die Worte, die ich sagte, mit einemmal so tölpelhaft vor, daß ich auf ihre Zeichen und das Kauderwelsch einging und mit den Händen den Geschmack und die Farbe des Tees zu loben versuchte. Es entstand ein so umfassendes Einvernehmen zwischen uns, wie es nur bei reduzierter Verständigungsmöglichkeit in solchem Maß ausdrückbar wird. Während sie mich durch Kopfnicken dazu aufforderten, noch ein Glas Tee zu trinken, machten sie sich gegenseitig auf die Farbe meiner Augen aufmerksam und auf mein Kleid. Sie suchten zu erraten, woher ich kam, lachten mir zu, deuteten auf meine nackte Hand und zeigten mir ihre Eheringe, dann klopften sie mir auf Brust und Schulter. Sie hatten Spuren von Henna auf ihren Handrücken. Ich dachte nach, was ich ihnen schenken konnte, fand aber nur eine Ansichtskarte von meinem Geburtsort, die ich des Gletschers wegen mit mir herumtrug. Ich zeigte ihnen die Stelle, an der unser Haus gestanden hatte, dann gab ich sie ihnen und öffnete gleichzeitig meine Tasche, um ihnen zu zeigen, daß ich nichts anderes bei mir hatte. Sie hielten beide ein Stück von der Karte in der Hand und versuchten mir zu erklären, daß es auch in Anatolien einen Gletscher gibt.

Später, auf der Straße, spürte ich, wie etwas an mein Bein streifte. Ich bückte mich und sah, daß sie mir etwas an den Rock geheftet hatten. Es war eine blaue Perle, die an einer Sicherheitsnadel befestigt war, eine Art Schutz gegen den bösen Blick. Ich wollte noch einmal zurückgehen und mich bedanken, aber als ich mich umdrehte, sah ich, daß gerade eine Reisegruppe den Hof der Süleymaniye betrat.

Ich versuchte mich anzupassen, so zu leben, als würde ich das Funktionieren des Systems der verschiedenen Beziehungen, in denen ich stand, durchschauen und akzeptieren. Ich wollte so wenige Fehler wie möglich machen, obwohl ich wußte, daß ich immer welche machen würde. Nicht daß ich es mir von Anfang an vorgenommen hätte, aber die Umstände, die meine Situation bedingten, brachten es mit sich. Man reagierte mir gegenüber schon auf orthodoxe Weise und ich tat das meine dazu. Wenn jemand mich lobte, erwiderte ich mit der Formel, die meine Unwürdigkeit zum Ausdruck bringen sollte, und wenn ich mir auf der Fähre ein Sesamkringel kaufte und einer Schwangeren begegnete, fragte ich sie, ob sie abbeißen wolle. Ich achtete darauf, daß ich auch die filterlosen Zigaretten vom richtigen Ende her anrauchte, um das aufgedruckte Emblem nicht zu versengen, dabei hatte ich das nicht einmal so sehr beobachtet, als vielmehr irgendwo gelesen, und wenn ich mich von jemandem verabschiedete, um zu gehen, sagte ich »mit Ihrer Erlaubnis...«. Ich versuchte die Regeln zu beachten, die den täglichen Umgang bestimmten. Sie waren für mich zu einer Art Sprache geworden, die zu erlernen ich bereit war, und es faszinierte mich zu sehen, wie sie funktionierte, in dem Maße, wie ich lernte mit ihr umzugehen.

Es wurde immer schwieriger mir einzureden, daß alles, was ich hier tat, in einem anderen Bezugssystem stand, daß es letzten Endes keine Gültigkeit hatte und ich mich durch eine Fahrkarte von allem, was mit mir und um mich herum geschah, absetzen konnte. Ich war bereits einbezogen und wurde es mit jedem Tag mehr. Ob es sich um Sevim und Turgut, um Aksu oder meine Arbeit handelte. Ich hatte die Position des Beobachters, der außerhalb steht, nicht halten können. Daß ich Ausländerin war, bedeutete keine Attraktion mehr. Selbst Ayten, die lange geglaubt hatte, mich deshalb in einem anderen Licht sehen zu müssen, hatte sich in ihrem Verhalten so geändert, daß sie zwischen Sevim und mir nur mehr insofern einen Unterschied machte, als sie sich auf die längere Bekanntschaft mit Sevim mehr verließ, als auf die kürzere mit mir.

Doch es gab immer wieder Tage, an denen ich mein Einbezogensein für Schein hielt und mir war, als würde ich nackt unter lauter Angezogenen stehen. Ich glaubte das Geräusch einer Kreissäge zu hören, und wenn mir auf der Straße jemand nachsah, quälte mich die Vorstellung, daß ich ihn von irgendwoher kennen müßte, ihn aber trotzdem nicht kannte. Ich hatte Schwierigkeiten, Sätze zu bilden, und fiel in das Stadium der ersten Wochen zurück, in denen ich mich nur mühsam verständigen konnte, obwohl ich schon Bücher in der Sprache gelesen hatte. Und plötzlich waren mir dann die Gerüche wieder auf ekelerregende Weise fremd, und ich suchte und suchte, bis ich einen griechischen Fleischhauer fand, bei dem ich Schinken kaufte, um ihn dann so lange in meiner Tasche herumzutragen, bis er grün geworden war, was bei der Hitze sehr bald geschah.

Ich faßte den Entschluß, endlich Süheyla zu besuchen, kehrte jedoch auf halbem Weg wieder um und kaufte mir ausländische Zeitungen, mit denen ich mich dann in ein Café setzte, in dem Ausländer verkehrten, doch sobald mich jemand ansprach, stand ich wortlos auf und ging. Meistens zu Aksu. Nicht sofort, erst wenn ich einigemale um das Spital herumgegangen war und Angst hatte, er könnte mich zufällig von einem der Fenster aus gesehen haben und ich müßte ihm später erklären, warum ich nicht hineingegangen war. Aber Aksu stellte keine Fragen. Ich ließ mir die Schlüssel zu seiner Wohnung geben, und dort wartete ich dann, wartete, bis es Zeit wurde, nach Hause zu gehen. Sevim machte sich Sorgen, wenn ich vor Einbruch der Dunkelheit nicht zurück war.

Ich hatte Turgut in dem Café in der Nähe der alten Seemauer getroffen. Ich sah ihn schon von weitem, aber er war so ins Lesen vertieft, daß ich zu wünschen begann, jemand würde auf seinem Tisch ein Rad schlagen, damit ihn der erste Blick traf, der über das Buch hinausging.

Als ich nur mehr wenige Schritte von ihm entfernt war, rief einer der Studenten ihn beim Namen. Turgut hob zögernd und unwillig den Kopf, dann sah er zuerst in die Richtung dessen, der ihn gerufen hatte, und als dieser ihm ein Zeichen machte, drehte er sich um, aber da stand ich schon neben ihm. Er nahm den Fuß von der Leiste des zweiten Stuhls und drehte ihn mir zu.

Wo warst du?

Ich setzte mich und er berührte den tauben Haluk Amca, der mit einem leeren Tablett vorüberging, am Arm. Turgut deutete zuerst auf mich und dann auf die leere Kaffeetasse, die er vor sich stehen hatte. Dann sah er mich an, als erwarte er eine Auskunft. Er stellte mir diese Frage immer, wenn wir uns außer Haus begegneten, und erwartete, daß ich anfing, mich für etwas zu rechtfertigen, das ich in der Zwischenzeit falsch gemacht haben mußte.

Ich überlegte, was ich ihm erzählen sollte. Unsere Arme lagen so dicht nebeneinander, daß die Flaumhaare sich berührten, und ich erwartete, daß er eine Bewegung machen würde.

Ich fing damit an, daß ich diesmal zur Vorlesung von Engin Bey zurechtgekommen war.

Und dann?

Ich zog meinen Arm von der Tischplatte, dabei stieß ich an seinen. Dann bin ich die Instiklal caddesi hinunter nach Aksaray gegangen, bis zur Buchhandlung von Zeki Bey und habe sein letztes Gedicht auf der Wandzeitung in der Auslage gelesen. Als ich dann das Loch gesucht habe, das er in die Wandzeitung macht, um die Leute zu beobachten, während er an der Kassa sitzt, bin ich seinem Blick begegnet.

Bist du hineingegangen?

Ich bin nicht hineingegangen, ich verstehe ihn so schlecht. Etwas mit seinen Zähnen ist nicht in Ordnung. Einmal habe ich versucht, ihm zu erklären, daß seine Gedichte unübersetzbar sind, daß die Spannung zwischen den Wörtern der alten und der neuen Periode, die er verwendet, nicht nachvollziehbar ist. Daraufhin hat er mir beinah wütend etwas klarzumachen versucht; ich weiß noch immer nicht was.

Haluk Amca brachte Kaffee, gab ihn aber Turgut und Turgut stellte ihn vor mich hin.

Du bist nicht zu ihm hineingegangen. Was hast du die ganze Zeit über gemacht?

Ich war dabei, mir etwas auszudenken, was ihn zufriedenstellen würde, als er mich am Handgelenk packte und sagte, er wüßte genau, wo ich wirklich gewesen wäre.

Ich griff mit der freien Hand nach der Tasse und machte einen Schluck von meinem Kaffee.

Und?

Du bist nach Eyüb gefahren.

Allein?

Allein. Das heißt schon im Boot... besser gesagt, du bist etwas zu früh gekommen. Du mußtest etwa eine Viertelstunde auf das nächste Boot warten und hast dir, da du schon Hunger hattest, aus einem Fischerboot eine Portion gebratenen Fisch und ein Stück Weißbrot geben lassen. Das Ganze war in Zeitungspapier eingewickelt und du hast fünfzig Kurusch dafür bezahlt. In der Nähe der Anlegestelle, unten auf der Galata-Brücke, hast du, nachdem du den Fisch gegessen hattest, das Zeitungspapier zusammengeknüllt und es ins Wasser geworfen. Da dir bis zur Abfahrt des Bootes noch Zeit blieb, hast du dir, ebenfalls unten an der Brücke, eine Flasche Limonade gekauft und extra ein Glas dazu verlangt, obwohl man bei einem einfachen Stand nie ein Glas dazu bekommt. Da aber das Glas schmutzig war, hast du es wieder zurückgegeben und doch aus der Flasche getrunken. Die leere Flasche hast du dann auf den Ladentisch zurückgestellt und bist aufs Boot gegangen, obwohl noch immer Zeit bis zur Abfahrt war. Sowie du auf dem Boot warst, ist dir der Mann aufgefallen. Du hast ihn zuerst nicht beachtet oder zumindest so getan, da du gar nicht sicher warst, ob er dich meint. Es waren auch noch andere Frauen auf dem Boot. Aber nachdem du mehrmals den Platz gewechselt hattest und er immer wieder neben dir auftauchte, warst du ziemlich sicher. Und dann hast auch du ihn angesehen. Zuerst nur so, wie man einen beliebigen Fremden, der einem aus irgendeinem Grund auffällt, ansieht, etwas gleichgültig, aber doch nicht so wie die anderen. Du hast begonnen, darauf zu achten, ob er nicht an einer der Anlegestellen unterwegs aussteigen würde, aber er ist nicht ausgestiegen. Und dann hast du sogar zurückgelächelt.

Wie hat der Mann ausgesehen?

Schwarz, groß, kräftig. Er trug eine Uniform.

Ein Offizier? Turgut hielt mich noch immer am Handgelenk. Ich mußte husten und verschüttete meinen Kaffee.

Ein einfacher Soldat mit kurzgeschorenem Haar. Auf seinem Kopf konnte man noch die Narben der Schnitte sehen, die man ihm als Kind zwischen den Fontanellen gemacht hatte, um das böse Blut ausrinnen zu lassen.

Und dann?

Und dann begann dir dieses Zurücklächeln schon leid zu tun und du hast versucht, dich unter die anderen Leute zu mischen. Beim Aussteigen in Eyüb hast du dich sogar vorgedrängt, damit er dich aus den Augen verlieren sollte, aber er blieb immer hinter dir. Und das Seltsame war, daß er nichts tat und nichts sagte, sondern einfach hinter dir herging. Er folgte dir in den Hof der Moschee und da sehr viele Leute dort waren, dachtest du, daß du ihn hier loswerden könntest, und als du ihn dann wirklich einen Augenblick lang nicht gesehen hattest, bist du wieder aus dem Hof hinaus und den Weg zum Café hinaufgegangen, denn das war es ja, was du eigentlich wolltest.

Du bist an den Zypressen und Grabsteinen vorbei, ziemlich rasch bergauf gegangen, aber als du dich umdrehtest, sahst du, daß er wieder hinter dir war. Du hast natürlich geglaubt, daß er dich irgendwann einholen und zu reden anfangen würde. Aber selbst oben hat er sich nicht zu dir, sondern an einen Tisch, der weiter weg war, gesetzt. Du fingst an, nervös zu werden, und die ganze schöne Aussicht war dir verleidet. Und da hast du einen Fehler gemacht. Du bist aufgesprungen, hast das Geld auf den Tisch gelegt und bist, so rasch du konntest, wieder nach unten gegangen. Da aber kein Boot da war und du Angst hattest, der Soldat würde wieder hinter dir auftauchen, obwohl du ihn gerade nicht sehen konntest, bist du einfach in Richtung Stadtmauer weitergegangen. Und du bist gegangen und gegangen, ohne dich umzudrehen, obwohl du wußtest, daß er schon die längste Zeit wieder hinter dir war. Das ging so bis zum Tekfur-Saray, dem Palast des Porphyrogenetos. Und als du vor dem verfallenen Gemäuer standest und dich endlich umdrehtest, sah es so aus, als würde er dich nun doch einholen. Es kam dir schon wie eine Erleichterung vor und du warst entschlossen, ihn anzusprechen und zu fragen, was er von dir wolle. Aber als er dann neben dir stand, hast du das Dümmste gemacht, was man in so einem Fall machen kann. Du bist vor ihm davongerannt, geradewegs in die Ruinen hinein.

In die Ruinen?

Weil es dort dunkel ist und selten Leute hinkommen.

War es nicht der Blachernen-Palast?

Es war Tekfur-Saray. Doch dann hast du es dir anders überlegt.

Was hätte ich mir da noch überlegen können?

Du hast nicht einmal geschrien. Und als ihr wieder herausgekommen seid, hast du sogar gelacht, lang und laut. Und dann kam zufällig ein Eisverkäufer mit seinem Karren daher, was in dieser Gegend eine Seltenheit ist, und ihr habt euch Eis gekauft.

Meine Hand war schon ganz blau und als Turgut sie endlich losließ, mußte ich sie massieren, damit sie wieder ihre natürliche Farbe bekam. Wir standen auf. Turgut ließ das Geld in die Tasche von Haluk Amcas Schurz fallen, dann gingen wir in Richtung Aksaray zurück.

Ich wollte, ich wüßte wo dieser Soldat ist und könnte hingehen und mein Recht fordern.

Er ist kein richtiger Soldat, das heißt kein Berufssoldat, sondern ein Rechtsanwalt, der seinen Militärdienst leistet. Dieser da, und Turgut deutete auf den oberen Stock des Hauses, neben dem wir standen. An der Eingangstür hing ein Schild mit dem Namen Dr. Karakulak. In diesem Augenblick öffnete sich das Fenster im ersten Stock und ein Mann mit einer Hornbrille und in einem weißen Anzug sah auf die Straße herunter. Ich grüßte zu ihm hinauf, aber bevor er meinen Gruß erwidern konnte, hatte Turgut mich wieder am Handgelenk gepackt und fortgezogen.

Es geschah oft, daß ich, ohne es mir vorgenommen zu haben, zu gehen anfing und dabei in der Hitze ziemlich weite Strecken zurücklegte, bis zu einem Ort, an den ich vor kurzem gedacht hatte. Ich kann nicht sagen, daß ich während dieser Wanderungen sehr aufmerksam war. Oft wußte ich selbst nicht genau, durch welche Gassen ich an einen Ort gekommen war und welche Straßen ich überquert hatte oder ob ich dabei etwas Besonderes bemerkt hatte. Es war eher so, daß das Gehen eine bestimmte Art von Nachdenken hervorrief, das sich zu einem traumähnlichen Zustand steigerte. Oft sagte ich dabei etwas laut vor mich hin, ohne wirkliche Selbstgespräche zu führen, doch erschrak ich vor dem Ton meiner Stimme und sah mich mehrmals um. Wenn ich vor einer bestimmten Moschee, einem Gebäude oder auch nur einem mir bekannten Teegarten stand, versuchte ich herauszufinden, warum es mich gerade hierher gezogen hatte. Meist waren es Kleinigkeiten, die Form eines Torbogens oder die Art, wie von einer bestimmten Seite Licht durch ein Fenster fällt.

Oft kam mir erst Tage später zu Bewußtsein, daß der Ort, den ich besucht hatte, in Zusammenhang mit meiner Lektüre stand. So kam es, daß ich diesen Wanderungen Signalcharakter zuzuschreiben begann. Ich wartete darauf, daß ich bald in einem Buch auf den Namen oder auf einen Hinweis bezüglich des Ortes stoßen würde. Vielleicht war es aber auch so, daß ich weniger leicht über einen Namen hinweglas, wenn ich das, womit er sich deckte, kurz zuvor gesehen hatte. Ich konnte mich kaum erinnern, den Namen Zeki Beys zuvor gehört zu haben, obwohl er mir in den literarischen Zeitschriften und Anthologien sicher untergekommen war. Als mich dann jemand auf ihn aufmerksam machte und ich ihn kennenlernte, bin ich seinem Namen immer wieder begegnet.

Wenn Sevim mich auf eine bestimmte Vokabel aufmerksam machte, weil sie meine Aussprache korrigieren wollte oder weil ich sie falsch verwendete, hatte ich eine Zeitlang das Gefühl, daß sie sehr häufig vorkam. Ich glaubte, sie aus fremden Gesprächen herauszuhören, begegnete ihr in den Nachrichten und bildete mir ein, Turgut würde sie über Gebühr verwenden. Meist blieb ich eine Weile an dem Ort, sah mir an, was es zu sehen gab, oder trank nur ein Glas Tee. Dabei hatte ich nie das Gefühl, ziellos herumzuirren. Auch kam es selten vor, daß ich plötzlich stehenblieb und in eine andere Richtung als die bereits eingeschlagene ging. Ich wußte nur auf einmal, daß ich angekommen war. Manchmal war ich dann so weit gegangen, daß ich den Rückweg zu Fuß nicht mehr schaffte und mit einem Dolmusch oder einem Autobus nach Hause fahren mußte.

Sevim merkte es mir meistens an, wenn ich eine größere Wanderung hinter mir hatte. Ich war dann müde, aber so guter Laune, daß ich ihr eine Reihe von Geschichten erzählte. In dieser Stimmung machte es mir auch nichts aus, wenn sie mit ihren Lehrbüchern kam und eine Stunde haben wollte.

Ich hatte mir vorgenommen, Süheyla bald zu besuchen, um nicht wieder in Situationen wie diese zu geraten. Es war auf dem Weg von der Hagia Sophia zur Sultan-Ahmet-Moschee. Eine Gruppe von Mädchen kam auf mich zu. Trotz der Hitze gingen sie Arm in Arm oder hielten sich an den Händen. Während ich zur Seite trat, um sie vorbeizulassen, fiel mir die Tasche aus der Hand. Ich bückte mich, stieß dabei an eines der Mädchen und entschuldigte mich. Und da hatte ich mit einemmal das Gefühl, daß es Süheyla war. Ihr Gesicht kam mir so bekannt vor, daß ich immer sicherer wurde, und während ich noch überlegte, ob ich sie ansprechen sollte, glaubte ich zu hören, wie eines der Mädchen sie beim Namen nannte. Ich ging ihnen nach, entschuldigte mich noch einmal und fragte das Mädchen, ob es Süheyla sei. Es lachte und sagte, es sei Leyla, kenne aber eine Süheyla. Ich versuchte, meine Frage zu erklären, was mir aber nicht so recht gelang. Wie Süheyla denn noch heiße, wollte es wissen, aber ich konnte mich an Süheylas Nachnamen nicht erinnern, was mich ärgerte. Es fing an peinlich zu werden, und ich lächelte so freundlich wie möglich. Mir fiel ein, daß ich ja Süheylas Bild bei mir hatte. Ich zeigte es Leyla und sie gab es weiter. Die Mädchen fanden, daß nicht die geringste Ähnlichkeit zwischen Leyla und Süheyla bestünde, und Leyla meinte, daß diese Süheyla auch der Süheyla, die sie kannte, nicht ähnlich wäre. Sie sieht aus wie Aysel Nur.

Ich fragte, wer das sei, und erfuhr, daß in Beyoğlu zur Zeit zwei Filme liefen, in denen sie die Hauptrolle spielte.

Sie hat grüne Augen und einen Mund wie... sie kicherten.

Sie ist fast so berühmt wie Zeki Müren. Und ich merkte an ihren Blicken, daß sie fürchteten, ich könnte auch Zeki Müren nicht kennen. Dem war aber nicht so und ich sagte ihnen, daß ich Zeki Müren sogar schon auftreten gesehen hätte. Da waren sie beruhigt.

Leyla fragte mich, ob ich denn nicht wisse, wo Süheyla wohnt.

Nein, sagte ich, um mich nicht noch weiter lächerlich zu machen.

Dann wird es schwer sein sie zu finden, die Stadt ist groß.

Sehr groß. Ich unterstrich die Größe mit einer Handbewegung, und wieder schienen sie beruhigt zu sein.

Dann verabschiedete ich mich, aus Angst, die Mädchen würden anfangen mich auszufragen, woher ich das Foto hatte und wieso ich

Süheyla überhaupt sehen wollte, wenn ich nicht einmal wußte, wo sie wohnte und wie sie mit dem Nachnamen hieß. Sie hatten sich auf ein längeres Gespräch eingestellt und standen um mich herum, aneinander gelehnt, die Blicke auf mich gerichtet, in Erwartung der Geschichte, die ich erzählen würde. Sie wünschten mir Glück, als ich ging, und meinten, wenn ich nur geduldig genug wäre, würde ich Süheyla schon noch finden. Man hätte von unwahrscheinlicheren Fällen gehört. Ich drehte mich mehrmals nach ihnen um und sie winkten. Erst dann fiel mir ein, daß Süheyla um mindestens fünf Jahre älter sein mußte, und ich wollte hinüber nach Beyoğlu, um mir einen der Filme mit Aysel Nur anzusehen, aber es war schon zu spät. Ich wäre erst nach Einbruch der Dunkelheit nach Hause gekommen.

Es fiel mir immer noch schwer, die alten Texte zu lesen. Die persischen und arabischen Lehnwörter waren für mich weder ableitbar, noch kombinierbar, solange ich sie nicht von ihrer eigenen Sprache her sehen konnte. Ich versuchte mich selbst zu überlisten, indem ich mir eine Schnur in Augenhöhe spannte und Zettel daran hängte, mit lauter Wörtern, die mit der Silbe mü beginnen. Aber nach kurzer Zeit sah ich diese Zettel nicht mehr oder Sevim nahm sie ab, weil sie ihr im Weg waren. Nun verwendete man anstelle der Lehnwörter Neubildungen, die sich ableiten lassen, die aber noch keinen Bedeutungsradius haben und sogar für mich steril wirkten, obwohl ich sie schneller und mit weniger Skrupeln verwendete, als Sevim oder Turgut. Mir wurde klar, daß ich nie ein präzises Gefühl für den Stellen- und Gebrauchswert dieser Wörter, die jeden Tag neu entstanden, haben würde. Es half auch nur wenig, wenn ich mir zu den neuen Wörtern die alten dazuschrieb, die Konvergenz war nie hundertprozentig.

Manchmal fragte ich mich allen Ernstes, wozu ich mich auf das alles eingelassen hatte, ob ich nicht mit demselben Aufwand etwas ganz anderes hätte zuwege bringen können.

Ich sah einer Sprache zu, wie sie sich änderte, aber der Versuch, mit ihr Schritt zu halten, brachte nichts als Niederlagen. Ich vergaß, was ich gelernt hatte, und lernte, was ich vergessen hatte.

Wenn es nur darum gegangen wäre, mich in der Sprache auszudrücken. Aber da war meine Arbeit, der Zweck und die Erklärung, die alle zufriedenstellte. Ich konnte lange davon erzählen, sie hörten mir zu, gaben mir Ratschläge oder warnten mich vor etwas, machten mir Quellen zugänglich oder schenkten mir Bücher, von denen sie annahmen, daß sie mir »weiterhelfen« könnten. Ich brauchte nur davon anzufangen und selbst diejenigen, die gar nichts damit zu tun hatten, fanden etwas daran. Sogar Turgut fragte mich von Zeit zu Zeit, ob ich schon wüßte, was »herauskommen« würde. Ich tat als würde ich ernsthaft arbeiten, oft nur um Sevim zu beruhigen. Ich nahm mir die Bücher abends mit in den Hof hinaus und versuchte trotz des schlechten Lichtes zu lesen, aber Sevims zu offensichtliches Bemühen, jede Störung zu vermeiden, verhinderte, daß ich mich konzentrieren konnte. Am ehesten ging es noch unterwegs. Da fiel mir eine Reihe von Sätzen ein, doch sobald ich mich hinsetzte, um sie niederzuschreiben, erschienen sie mir so unwesentlich, daß ich nicht wagte, auch nur davon auszugehen. Was mich nicht daran hinderte, von ihnen zu reden, als hätten sie mich wirklich auf eine Spur gebracht, die ich von nun an mit vollem Einsatz verfolgen würde. Und ich wurde gelobt dafür.

Ich hatte das Haus gleich gefunden. Engin Bey erwartete mich am Gartentor. Die Wohnung sei etwas klein, sagte er, und die Frauen würden noch auf das Erwachen des Sohnes warten. Wenn es mir also nichts ausmache, könnten wir im Freien sitzenbleiben. Und wenn ich durch die Büsche hindurchschaute, würde ich das Meer sehen.

Ich war im Dolmusch, das mich von der Fähre hierhergebracht hatte, zwischen zwei fettleibigen alten Frauen gesessen, die sich ständig Luft zugefächelt hatten, wobei sie immer mehr in Schweiß ausgebrochen waren, und so empfand ich es als angenehm, heraußen zu sitzen, mit dem nötigen Spielraum um mich herum.

Er könne mir inzwischen nur ein Glas Ayran anbieten, sagte Engin Bey und ging auf Zehenspitzen ins Haus.

Ich saß in einem geflochtenen Gartenstuhl und schloß die Augen in Erwartung des mit Wasser verdünnten Joghurts, das mit Salz und Knoblauch gewürzt wird.

Engin Bey kam mit einem Krug und zwei Gläsern zurück. Die Art, wie er sie vollschenkte, den Inhalt des einen an dem anderen messend, zeigte, daß er keine Übung darin hatte.

Wir sitzen immer im Freien, besonders zu den Mahlzeiten, was des Kindes wegen ein Vorteil ist. Engin Bey saß nun ebenfalls und erzählte von der Wohnung in der Stadt, die nur den Winter über benutzt werde, die zwar geräumiger, aber weit weniger angenehm wäre.

Ich war mit einemmal so müde, daß mir Engin Beys Gesicht immer mehr in verschiedene Bestandteile zerfiel, die voneinander unabhängig durch die Luft schwebten, und ich reagierte wie in manchen Vorlesungen, indem ich Engin Bey ansah und dabei hoffte, er würde allein reden und ich brauchte nur hin und wieder mit dem

Kopf zu nicken. Mir war, als schliefe ich mit offenen Augen, und Engin Beys Stimme verflachte zu einem optischen Eindruck und bewegte sich in Form von kleinen Kreisen um die Teile seines Gesichtes herum.

Als ich Engin Bey wieder auf die übliche Art wahrzunehmen begann, hatte ich das Gefühl, aus einer lang anhaltenden Starre erwacht zu sein. Das war nicht gut möglich, denn weder das Tageslicht, noch sonst etwas um mich her hatte sich verändert.

Meine Frau kommt schon. Engin Bey deutete mit dem Kopf auf die Tatarin, die aus dem Haus auf uns zukam, und ich glaubte dabei eine bestimmte Assoziation haben zu müssen, die sich aber nicht einstellte, bis ich ihr die Hand gab und mich dabei an einen Teil dessen, was Engin Bey mir erzählt haben mußte, erinnerte. Ich war mir nicht ganz sicher, ob er es wirklich erzählt hatte oder ob ich im Halbschlaf Bruchteile seiner Sätze mit Inhalten aufgefüllt hatte, von denen nie die Rede gewesen war. Er hatte eine Zeitlang in Wien studiert, bevor er sich endgültig in der Stadt niederließ, und ich glaubte zu wissen, daß er damals geheiratet hatte, eine »traumhaft schöne Ophthalmologin«, diesen Ausdruck hatte er bestimmt verwendet, wovon aber seine jetzige Frau, die Tatarin, nichts wüßte und auch nichts wissen durfte.

Die Tatarin setzte sich zu uns und entschuldigte sich, daß sie erst jetzt herausgekommen war, aber sie hätte mich gar nicht kommen gehört. Gleich darauf kam eine alte Frau in einem schwarzen Cloth-Mantel mit dem Sohn, der sich sogleich unter den Tisch setzte. Die Tatarin redete mit hoher Stimme auf ihn ein, in einem Tonfall, den die Frauen fast ausschließlich im Zusammenhang mit ihren Kindern verwenden. Er erinnerte an Vogellaute, wozu das ständige Wiederholen bestimmter Silben beiträgt. Und der kleine Junge sah aus, als koste es ihn eine große Anstrengung, sich diesem Ton zu widersetzen, der ihn zu steuern versuchte, und als seine Mutter sich zu ihm hinunterbeugte, drehte er den Kopf weg und hielt sich mit beiden Händen die Ohren zu.

Wir tranken Tee und aßen mit Käse und Kräutern gefüllte Pasteten. Die alte Frau ging nach einer Weile mit dem kleinen Jungen zum Strand hinunter. Die Tatarin begleitete sie bis zum Gartentor und kam dann wieder zurück. Er ist es gewöhnt, um diese Zeit an den Strand zu gehen. Die Sonne brennt jetzt nicht mehr so und er kommt mit anderen Kindern zusammen.

Die Geräusche vom Strand her hatten zugenommen und waren von dem hohen, zwitschernden Laut der Frauen beherrscht, den nicht einmal das Geschrei der Kinder zu übertönen vermochte.

Wir begannen über meine Arbeit zu reden und Engin Bey versprach, mir einige Titel aufzuschreiben, die ich auf jeden Fall würde zitieren müssen, auch wenn man heute schon mehr über schamanistische Elemente innerhalb des Ordens der Bektaschi und der ihm nahestehenden Sekte der Alevi wisse.

Was allerdings deren Dichtung betraf, wäre mir sicher aufgefallen, daß sie in vielem die neueste Entwicklung beeinflußt zu haben schien. Es sieht so aus, als würden die meisten Dichter der dritten Periode sie als die einzig legitime Tradition anerkennen.

Als nationale Tradition, wenn es so etwas in unserem Fall überhaupt gibt. Engin Bey nahm mit dem letzten Rest des Tees eine Tablette ein.

Unsere Sprache hat sich so verändert, daß kaum jemand mehr etwas lesen kann, das älter ist als er selbst. Wir sind ununterbrochen dabei, neue Wörter für alte Dinge zu finden, wobei es sich meistens so verhält, daß die neuen Wörter älter als die alten sind. Aber sie klingen so anders und sind daher so gut wie neu, und solange sie so gut wie neu sind, läßt sich einiges mit ihnen anfangen. Das Ganze läuft auf ein ständiges Austauschen von Wörtern hinaus, ohne daß sich an ihrer Stellung etwas ändern würde.

Engin Bey sah mich an, als erwarte er, daß ich etwas dazu sagte, aber ich reagierte nicht. Nach einer Weile fragte er mich, ob ich Lust auf ein Glas Likör hätte. Ich sah die Tatarin an, die deutlich nickte, und Engin Bey ging, schwerfällig aufstehend, ins Haus. Die Tatarin beugte sich sofort zu mir. Soll ich Ihnen erzählen, wie das mit den Söhnen der Kadıncık Ana wirklich gewesen ist?

Und sie fing an: Eines Tages kam Haci Bektaş Veli, der Begründer des Derwischordens der Bektaschi, nach Hause und verrichtete seine religiösen Waschungen. Dabei hatte *er* Nasenbluten. Zu Kadıncık Ana, die daneben stand und auf das Gefäß mit dem Wasser wartete, sagte *er*, sie solle sein Blut an einen Ort schaffen, wo es nicht mit Füßen getreten werden könne. Kadıncık Ana überlegte nicht lange und trank das Blut, das aus *seiner* Nase geronnen war. Als *er* das sah, sagte *er* zu Kadıncık Ana, daß ihr von *ihm* drei Söhne würden und *er* sagte ihr auch, wie sie sie nennen sollte und welche Ämter sie später bekleiden würden. Und so geschah es. Die Söhne waren nicht Söhne der Lenden, sondern Söhne des Weges, also geistgezeugte.

Engin Bey kam mit einer vasenförmigen Flasche mit Bananenlikör zurück und wir tranken, nachdem die Tatarin uns eingeschenkt hatte, auf die Stadt und alle ihre einstigen Derwische.

Manchmal glaubte ich, Aksu nur erfunden zu haben, als jemanden, den ich der Nähe von Sevim und Turgut entgegenhalten konnte. Obwohl wir des öfteren von ihm sprachen, bildete ich mir ein, daß sie es nicht wußten, wann ich mit ihm zusammen war.

Ich hatte Aksu schon einmal gesehen, bevor ich ihn kennenlernte. Es war in Üsküdar, an einer Haltestelle für Pferdedroschken, und er stand vor einem Droschkengaul und hielt dessen Kopf umarmt. Er war mir aufgefallen, denn ich hatte in der Stadt noch niemanden ein Pferd auch nur streicheln sehen. Später erkannte ich ihn an seinem weißen Haar wieder, das weder seinem Alter, noch seiner dunklen Gesichtshaut entsprach. Ich blieb selten länger als bis zu der Zeit, wo ich auch sonst nach Hause fuhr, und wenn, dann erzählte ich Sevim, daß ich bei jemandem vom Konsulat eingeladen war. Wir fuhren dann die Uferstraße entlang und aßen in einem der Restaurants entlang der Meerenge zu Abend. Und wenn Aksu mich dann nach Hause brachte, bat ich ihn, den Wagen etwas vom Haus entfernt halten zu lassen.

Wir waren oft lange beisammen, ohne zu reden. Bis ich es nicht mehr ertragen konnte und von irgend etwas zu erzählen anfing und dabei zu Formulierungen kam, die ich nicht einmal zu denken gewagt hatte.

Das einzige, wovon Aksu hin und wieder erzählte, waren die Jahre, die er auf dem Dorf verbracht hatte, und auch das erst, wenn ich mich schon zum Gehen fertig machte, mein Kleid zuknöpfte oder mich kämmte. Er stand dann in der Tür zum Badezimmer, sich mit dem Rücken und den Händen aufstützend und fing damit an, daß es keinen Sinn hatte etwas zu tun, wozu einem die Voraussetzungen fehlten, denn *aus Blindheit sei noch niemand gütig, aus Leiden nicht weise geworden und Klagen würden dem Tod keine besseren Leichen bieten.* Er war aufs Dorf gegangen, weil er gewußt hatte, daß es in den meisten Dörfern keinen Arzt gab. Es hätte aber am Notwendigsten gefehlt und er hatte nicht mehr machen können als die Quacksalber, im Gegenteil, die Leute wären bald wieder zu den Quacksalbern gegangen. Natürlich läge das auch an ihm, er hätte einfach nicht die richtige Art, mit den Leuten umzugehen.

Und wenn er so weit war, ging er auch in Einzelheiten. Er erzählte, wie er gewohnt und was er gegessen hatte, und über die Leute, was sie gesagt hatten und womit sie zu ihm gekommen waren. Oft hatten sie ihn zu Tieren gerufen oder ihm ihren Kampfhahn gebracht, dem ein anderer Kampfhahn das Auge ausgepickt hatte. Besonders schwierig war es mit den Frauen gewesen. Sie hatten sich geweigert, die Stelle zu entblößen, die er untersuchen sollte. Man hatte sich überhaupt auf die Kraft seiner Augen verlassen, so als genügte es, wenn er jemandem ins Gesicht schaute um herauszufinden, an welcher Krankheit er litt.

Er wäre dem Elend nicht gewachsen gewesen. An den Schmutz hätte er sich gewöhnen können, zumindest mit der Zeit, nicht aber an das Elend, wenn ich wüßte, was er damit sagen wollte. Und er war es noch immer nicht gewöhnt, daß er sich an das Elend nicht hatte gewöhnen können. Es lähmte ihn. Wenn ich ihm vorhielt, daß es letzten Endes keine Rolle spielte, wo er die Leute heilte, entgegnete er, daß das kein Vergleich sei. Aksu war etwas, woran ich mich halten konnte. Nicht sehr, aber es genügte, um mich immer wieder davon zu überzeugen. Ich wußte, wann und wo ich ihn erreichen konnte und daß er mich suchen würde, wenn ich ausblieb.

Ich war mit Turgut an der Tür zum Badezimmer zusammengestoßen und erklärte ihm, daß er einen Flaschenkopf, spitz wie eine Mevlevi-Mütze, habe, sozusagen einen Birnenkürbiskopf, mit einer Stirn, flach wie ein Brett, und Uhuaugen in einem Fuchsgesicht, an dem Ohren in der Größe von Kinderpantoffeln hingen. Seine Nase sei rot wie eine unreife Weinbeere und groß wie eine Aubergine aus Morea. In seine Nasenlöcher könne er drei Finger auf einmal schieben und seine Lippen seien wulstig wie die eines Kamels, wohingegen in seinen Mund ein ganzer Brotlaib passe, nicht bloß seine Finger, die aussähen wie Langa-Gurken. Es sei sehr zweifelhaft, ob Allah in ihm einen Menschen beabsichtigt hätte, und überhaupt, auch ein Evliya Çelebi könne ihn nicht treffend genug beschreiben. Und wenn er mich nicht sofort losließe, würde ich zu einem Mittel greifen, dessen Auswirkung sich seine blasse Phantasie nicht einmal vorstellen könne.

Zu welchem Mittel? Turgut hielt mich noch immer an beiden Armen und schüttelte seinen nassen Kopf, daß die Tropfen auf mich fielen. Ich wollte mich nicht festlegen, drohte aber weiter, bis er den Griff lockerte. Seine Finger hatten Spuren auf meinen Armen hinterlassen, die ich ihm mit lauter Stimme vorhielt. Wir hatten beide Herzklopfen, aber dann kam Sevim mit den Sachen fürs Frühstück vorbei und trieb uns zur Eile.

Wir trennten uns und ich verriegelte die Tür des Badezimmers hinter mir.

Wir frühstückten wie immer im Hof. In der Mitte des Tisches stand die Schüssel mit den schwarzen Oliven, und wann immer ich eine auf die Gabel spießen wollte, fuhr Turgut mit der seinen dazwischen, worauf die Olive aus der Schüssel auf den Tisch und von dort auf den Boden sprang. Sevim sah uns eine Weile zu, wurde dann aber wütend und nahm die Schüssel an sich.

Um sie zu beschwichtigen, sagte ich, daß ich in der Nacht einen seltsamen Traum gehabt hätte, an den ich mich noch gut erinnern könnte, obwohl ich danach noch einmal eingeschlafen war. Was war das für ein Traum? Sevim stellte die Schüssel mit den Oliven wieder auf den Tisch.

Ich bin plötzlich hungrig geworden und in Yedikule in ein Restaurant gegangen. Als ich mich aber an einen Tisch setzen will, kommt der Wirt und fordert mich auf, das Lokal zu verlassen, es sei alles besetzt. Ein Festessen würde stattfinden, an dem nur geladene Gäste teilnehmen könnten. Ich tue also, als würde ich wieder gehen, habe aber den Raum nicht verlassen, sondern mich hinter der Kühlvitrine versteckt. Dann sind die Trommler und ein Flötenspieler gekommen und hinter ihnen viele festtagsmäßig gekleidete Leute und da habe ich begriffen, daß es sich um eine Hochzeit handelt. Zum Schluß ist ein Paar hereingekommen, das sich ans obere Ende des Tisches gesetzt hat. Bräutigam und Braut sind tief verschleiert, so daß ich ihre Gesichter nicht erkennen kann. Dann aber habe ich mich gebückt und unter den Tisch geschaut und an den Schuhen habe ich euch erkannt. Ich war empört darüber, daß ihr mich nicht eingeladen hattet.

Ich fing an zu lachen, aber Sevim und Turgut sahen mich entgeistert an. Sevim meinte, ich sei verrückt, und allein die Tatsache, daß mir so etwas träume, sage eine ganze Menge.

Mir war selbst nicht klar, welche Reaktion ich erwartet hatte, und ich sagte, daß ich nichts dafür könne, ich hätte alle möglichen Träume, doch würde ich sie in Zukunft nicht mehr erzählen.

Das sei das beste, sagte Sevim. Man könne sehr wohl etwas für seine Träume. Anscheinend wüßte ich gar nicht, was ich alles erzählte, wenn ich einen Traum erzähle.

Da blieb mir nichts anderes übrig als zu sagen, daß ich es sehr gut wüßte, daß es mir nur ganz einfach nichts ausmachte.

Es herrschte eine ungewöhnliche Luftfeuchtigkeit und der Himmel war von einer Dunstschicht bedeckt, die sich nicht in Wolken auflöste. Die Sonne stach und war nur als heller Fleck erkennbar. Auch von der Meerenge stieg nur Dampf und keine Brise auf und der Geruch nach rostigem Eisen, nach Fisch und dem Öl der Schiffe war so stark wie nie zuvor. Oft stieg ich die Steinstufen nach Galata hinauf, wobei ich, um nicht völlig in Schweiß auszubrechen, immer langsamer wurde. Dieser Stadtteil ist von einer so monumentalen

Häßlichkeit und seine Trostlosigkeit so offensichtlich, daß sie mich ängstigte. Der Atem der Häuser streifte mich von beiden Seiten und an mein Ohr schwappten Bruchstücke von Sätzen, die ich einmal für griechische, dann wieder für armenische und spaniolische hielt. Es kostete mich eine große Anstrengung, überhaupt weiterzukommen, so als würde der Befehl an meine Füße, sich fortzubewegen, von außen kommen. Wenn ich aufschaute, sah ich plötzlich die Spitze des Galata-Turms über einem der Häuser aufragen, beim nächsten Schritt aber war sie wieder verschwunden. Immer öfter begegnete ich Turgut in der Stadt. Oder begegnete er mir? Es kam mir so vor, als würde er die ganze Zeit über heimlich hinter mir hergehen, um mir dann aus irgendeiner Straße, durch die er mir zuvorgekommen war, unbefangen entgegenzutreten und sich darüber zu freuen, daß ich nicht nur überrascht, sondern beinahe erschrocken war. Wir gingen dann ein Stück gemeinsam und er fragte mich, was ich hier in Galata wollte, worauf ich ihm dieselbe Frage stellte, was ihn aber nicht in Verlegenheit brachte. Er hatte einen Freund, beziehungsweise mehrere Freunde, die hier wohnten und die sich auf dieselbe Prüfung vorbereiteten. Manchmal tranken wir auch zusammen ein Glas Tee, trennten uns aber bald, und ich ging wieder über die Brücke, in Richtung Topkapı, wo ich einem Mann begegnete, der neben einer umgestürzten Kiste saß, auf der ein Eisblock langsam in sich zusammenschmolz, und auf dem Eisblock lagen grüne Blätter und darauf frische Mandeln. Die Handbewegung des Mannes hatte etwas so Einladendes, daß ich ein paar dieser Mandeln kaufte, ohne Lust darauf zu haben, und so schenkte ich sie einem Kind, das sie jedoch fallen ließ und aus Schreck darüber davonlief. Oder ich ging in eine der Buchhandlungen auf der Ankara caddesi und nahm ein Buch um das andere in die Hand, wobei meine Finger immer staubiger wurden, bis der Buchhändler mich ansprach und genau wissen wollte, woher ich kam und warum ich die Sprache sprach und ob ich nicht dem oder jenem Deutsch-Unterricht geben wollte, und ich mir nicht anders helfen konnte, als ihn nach Büchern zu fragen, die es gar nicht gab.

Wenn ich dann abends nach Hause kam, war ich so erschöpft, daß ich nicht einmal mehr so tat, als würde ich mich mit etwas beschäftigen. Auch bereitete es mir kaum mehr Vergnügen, Sevims vorwurfsvollem Blick standzuhalten. Ich nahm mir vor, mich am nächsten Tag in eine Bibliothek zu setzen, um etwas zu tun, und ich stellte mir vor, wie es war, wenn man sich am Ende eines Tages sagen konnte, daß man einen Schritt weitergekommen war oder daß man es zumindest versucht hatte.

Es war dunkel im Treppenaufgang und ich hörte, wie sich in jedem Stockwerk hinter mir Türen vorsichtig öffneten und wieder schlossen, als wollte jemand sich vergewissern, daß ich wirklich zur vereinbarten Zeit gekommen war. Ich klopfte dreimal und öffnete die Tür, wobei ich es vermied, auf die Schwelle zu treten.

Aksu kam mir entgegen, die rechte Hand auf die Brust gelegt, den Daumen nach oben gebogen. Auch ich legte die rechte Hand auf die Brust und als wir uns gegenüber standen, berührten sich unsere Daumen. Dann küßten wir uns auf die Wangen und sagten die Begrüßungsformel. Ich ging ins Badezimmer. Die Luft im Treppenhaus war so warm gewesen, daß sich in meinen Kniekehlen Schweißtropfen gesammelt hatten und bei jedem Schritt die Beine entlanggelaufen waren.

Ich schaute in den Spiegel, berührte mit dem Zeigefinger den feucht gewordenen Lidschatten und fuhr damit um meine Augen, die Nase entlang und um die Mundwinkel. Auf diese Weise waren ein *Ayin,* ein *Lam* und ein *Ye* entstanden.

> Ich hielt den Spiegel vors Gesicht
> Und sah nur Ali, doch mich nicht,
> Hu, Ali, hu! Hu, mein Schah, hu!

Aksu war in die Küche gegangen und ich hörte, wie er den Eiskasten öffnete und den Eiswürfelbehälter gegen die Abwasch schlug. Das Wasser hatte wenig Druck und floß dünn und lauwarm aus der Brause. Irgendwann hörte es dann ganz zu rinnen auf und ich zog einen der Kaftane über, die an der Badezimmertür hingen. Er war aus Atlas und fühlte sich kühl an. Aksu hatte Raki, Wasser und die Eiswürfel auf den Tisch gestellt. Daneben lag ein Löffel mit der Ausbuchtung nach oben. Er schenkte mir ein und fuhr dann mit dem Löffel in die Schüssel mit den Eiswürfeln.

Wieviele?

Drei, das sind Allah, Muhammed und Ali.

Oder vier, das sind Ali, Fatma, Hasan und Hüseyn.

Fünf, das ist Muhammed, Ali, Fatma, Hasan und Hüseyn.

Oder sechs, das sind Allah, Muhammed, Ali, Fatma, Hasan und Hüseyn.

Oder eine Bienenwabe oder ein Derwisch.

Während Allah, die Tulpe mit dem Halbmond und Adam und Eva sechsundsechzig sind.

Der Koran aber besteht aus sechstausendsechshundertsechsundsechzig Versen.

Muhammed hat Ali sieben Eigenschaften gegeben.

Es gibt sieben Würdenträger, den Pir, den Rehber, den Mürşit, zwei Musahips und zwei Eşs.

Die Sonne wurde in acht Phasen erschaffen.

Neun ist ebenfalls heilig.

Zwölf, das sind die zwölf Imame.

Vom Wasser wurde der Raki weiß. Auch Muhammed ist weiß und der Orden ist grün und Ali rot und Fatma schwarz und Hasan gelb und Hüseyn rosa.

Wir tranken und ich lehnte mich weit in den Fauteuil zurück. Aksu hatte die Rollos heruntergelassen, nur von der Straße drangen hin und wieder Geräusche herauf. Das Halbdunkel täuschte Kühle vor.

Wir saßen lange so da, ohne uns zu bewegen. Ich starrte auf die gegenüberliegende Wand und je länger ich hinschaute, desto mehr war ich davon überzeugt, daß auf ihr Zeichen gestanden hatten, die später übertüncht worden waren. Zuerst war es mir nur wie Risse oder Sprünge in der Mauer vorgekommen, dann glaubte ich einzelne Buchstaben zu sehen, die aber nur aus dem Augenwinkel zu erkennen waren. Wenn ich genau hinsah, lösten sich ihre Schatten wieder auf. Ich wollte Aksu nicht danach fragen. Bereits beim Aussprechen wäre mir die Frage schon wieder lächerlich vorgekommen.

Aksu saß noch immer regungslos da. Er hielt sein Glas in der Hand und das Eis darin war geschmolzen. Auch er starrte auf die Wand, aber nicht so, als würde er darauf etwas sehen.

Ich war so in mich versunken, daß ich vor Aksus Berührung erschrak und er seine Hand wieder zurückzog.

Du hast geschlafen?

Ich schüttelte den Kopf und fing zu erzählen an: Als ich über die Galata-Brücke kam, sah ich eine Menge Leute, die etwa in der Mitte der Brücke um einen Mann herumstanden, der am Geländer lehnte und auf einem Saz spielte. Er trug die Tracht der Leute von der Ägäis, die aber aussah, als stammte sie aus dem Fundus einer Volkstanzgruppe. Er sang und verkaufte Broschüren mit Liedertexten. Seine Stimme war gut. Jedesmal, wenn er ein Lied zu Ende gesungen hatte, nahm er ein paar Broschüren in die Hand, fächelte sich etwas Luft damit zu und hielt sie den Umstehenden hin. Auch ich habe mir eine gekauft. Ich nahm das Heftchen aus der Tasche und gab es Aksu. Er blätterte darin und las mir dann einige der Texte vor. Sie handelten von Lämmern und Hirten, von Liebenden und Geliebten, von Tälern, Bergen, Flüssen und vom Tod.

Ich versuchte mir vorzustellen, wie Aksu, von Hunden umbellt, in der landesüblichen Kleidung durch die vom Staub weißen Gassen eines Dorfes ging, sich anbietend als einen, der die anderen kurieren kann, wenn sie nur an ihn glaubten. Ich sah ihn sich mit einem trichterförmigen Lautsprecher auf dem Dorfplatz aufstellen und kundtun, daß er gekommen war. Er hatte einen Kasten auf der Brust, wie ihn die fliegenden Händler haben, und darin Pulver, Tinkturen und Salben in auffallenden, zum Kauf auffordernden Flaschen und Döschen. Und die Leute würden, nachdem sie ihn eine Zeitlang allein in der prallen Sonne hatten stehen lassen, langsam näher kommen und einen Kreis um ihn bilden, aus dem sie dann immer einen vorschoben, dem etwas fehlte, und sie würden ihn auffordern, zu zeigen, was er konnte. Sie würden ihm ganz genau zusehen und seine Bewegungen nachahmen und wenn jemand da war, an dem etwas zu schneiden war, würden sie denjenigen festhalten und wenn er dann schrie, zu sehr schrie, würden sie den Doktor ansehen, zuerst unfreundlich, dann drohend. Und sie würden ihm sagen, daß der und der weniger Schmerzen verursachte, wenn er heilte. Aksu aber würde weitermachen und seine Arbeit zu Ende führen, um zu zeigen, was er konnte. Die Leute würden sich immer dichter an ihn herandrängen und nach einer gewissen Zeit würden sie dann ihn festhalten und ihm sagen, daß sie nun dasselbe an ihm machen würden, und wenn er es ertragen könnte, ohne zu schreien, dann würden sie ihm glauben. Sie würden ihm das Messer aus der Hand nehmen und eine Stelle an seinem Körper entblößen und der Älteste der Umstehenden würde ihm ein Stück Fleisch herausschneiden, ohne mit der Hand zu zittern, Aug um Aug, Zahn um Zahn. Aksu aber würde genauso schreien, wie zuvor der andere geschrien hatte, und sie würden ihm seinen Kasten wegnehmen und sagen, daß sie sich selber kurieren wollten, er könnte das nie und nimmer. Und dann würden sie ihn wieder allein in der prallen Sonne stehen lassen, zurückweichen und in ihren Häusern verschwinden.

Es war so heiß, daß ich es vermied, Aksu zu berühren. Ich zog den Kaftan aus, wendete ihn und legte ihn mir mit der kühlen Außenfläche um.

Aksu las gerade eine Liedzeile, in der Zümrüd Anka vorkam.

Wer ist das?

Ein Fabelvogel, er hat einen Namen aber keine Gestalt.

Wie der Simurg?

So ähnlich, nur daß er anders beschrieben wird.

Wie?

Aksu stützte sich mit dem Arm auf die Lehne des Fauteuils, in dem ich saß. Er hat die Gestalt von dreißig Vögeln.

Oft wollte ich schwimmen gehen, aber die meisten Strände waren gerade so weit weg, daß ich mich davor scheute, die Autobusfahrt auf mich zu nehmen, während alles, was leichter erreichbar war, Clubs oder Vereinigungen gehörte. Nur an den Wochenenden machten Sevim, Turgut und ich öfters Ausflüge in das öffentliche Strandbad am Ufer der Meerenge, wo wir dann den ganzen Tag über blieben.

Die Stadt ist von Wasser umgeben und je nachdem, wo ich mich befand, sah ich das Meer, die Meerenge oder den Süßwasserarm. Es war das einzig Beruhigende und meistens orientierte ich mich danach. Ansonsten hatte ich Stützpunkte fürs Wiedererkennen, Läden, Parks, Moscheen, Orte, die ich in den ersten Wochen besucht hatte, um dann den Weg, der zu ihnen führte, zu vergessen. Manchmal passierte es mir, daß ich unterwegs stutzig wurde, aufschaute und bemerkte, daß ich an diesem Ort schon einmal gewesen war, daß ich ihn aber im Gedächtnis anders lokalisiert hatte. Daß ich ihn auch ganz anders gesehen hatte, so als wäre meine Blickrichtung immer anders eingestellt, was auch zum Teil zutraf. Ich hatte mich gewöhnt, seine verschiedenen Ansichten miteinander zu vergleichen, nur war das Bild, das ich im Gedächtnis hatte, unscharf und wurde von dem neuen Bild, das ich mir machte, verdrängt oder zumindest korrigiert oder, auch das geschah manchmal, es konnte sich behaupten und das hatte zur Folge, daß ich es nicht mehr loswurde und an meiner Fähigkeit, erste Eindrücke zu objektivieren, zweifelte. Ich war soweit gegangen, mir Fotos von den betreffenden Orten in die Bücher, die ich gerade las, zu stecken, um öfter mit ihnen konfrontiert zu werden. Es gelang mir aber höchstens, diese ersten Eindrücke aus meiner wachen Vorstellung zu vertreiben, im Traum kamen sie wieder.

Jedesmal, wenn ich im Bazar war und Ersever, einen Dichter der dritten Periode, besuchen wollte, erwartete ich, nachdem ich in die Gasse, in der sich sein Laden befand, eingebogen war, ein bestimmtes Bild, das von dem, das sich mir bot, abwich. Nicht so stark, daß ich den Laden nicht wiedererkannt hätte, aber stark genug, um einen Moment lang die Augen zu schließen und es in der Vorstellung noch einmal zu reproduzieren. Und auch Ersever und sein armenischer Kompagnon sahen immer anders aus, als ich sie vom erstenmal her in Erinnerung hatte.

Meist war nur der Armenier da und Ersever war gar nicht gekommen oder er saß im Dachgeschoß über seinem Laden und schrieb, ohne sich um den Handel mit Antiquitäten zu kümmern. Wenn Ersever aber da war, ließ er Kaffee bringen und wir unterhielten uns eine Weile. Er machte mich auf die Neologismen aufmerksam, die in seinen Gedichten vorkamen und die mir kaum jemand anderer hätte erklären können. Ich versprach, etwas von ihm zu übersetzen oder es zumindest zu versuchen. ›Die der Schwerkraft gehorchende Nelke‹ hieß sein erster Band und ich wünschte, ich könnte einige seiner Formulierungen in meine Sprache bringen, obwohl mir viele gleich wieder banal vorkamen, sobald er mir die Bedeutung der Wörter erklärt hatte.

Als ich das letztemal bei ihm gewesen war, hatte Ersever mir ein Blatt geschenkt, auf dem ein Vogel aus Schriftzeichen ohne Punktion dargestellt war. In der rechten oberen Ecke des Bildes, über dem Schwanz des Vogels, befand sich ein Blumenstrauß, der auf realistische Weise gemalt war und wie ein Zusatz aus späterer Zeit wirkte. Der Vogel ähnelte einer Ringeltaube, aber es war nicht sicher, ob ein Zusammenhang zwischen ihm und dem dritten Buch von ›Calila und Dimna‹ bestand, das diesen Namen trägt.

Von den Vögeln haben sie die meisten Darstellungen gemacht und diese Darstellungen sind bis in die Moscheen vorgedrungen. Manchmal haben sie Menschenköpfe oder Blumenaugen. Man sagt, daß auch Vögel einen Orden haben, den König Salomon gegründet haben soll. Einmal im Jahr treffen sich die Derwische unter den Vögeln in ihrer Tekke, wo sie eine Woche lang essen, trinken und sich unterhalten.

Man liebt die Vögel, sie stellen die Seele dar. Wen der Schatten des Huma-Vogels berührte, der wurde Padischah. Der Haci unter den Vögeln aber ist der Storch, er kommt aus Mekka und hat manchmal einen Turban auf dem Kopf. Der Kranich soll seine Stimme von Ali haben und Haci Bektaş Veli ist in Gestalt einer Taube nach Anatolien gekommen. Der Hahn vertreibt den Löwen und den Blitz, und die Nachtigall ist auf der Suche nach der unio mystica.

In einem von Ersevers Gedichten kommt der Ausdruck »Straße der Wacholdervögellieder« vor. Als er mir das Blatt schenkte, fragte ich ihn, ob er eine besondere Beziehung zu Vögeln hätte. Er meinte, für die Vögel wäre es leicht, sie kämen nur selten in Verlegenheit, die Leiber der Toten, aus denen die Erdoberfläche besteht, mit Füßen zu treten.

Ich blieb selten länger als eine halbe Stunde in Ersevers Laden. Es kamen immer wieder Leute, die etwas kaufen wollten. Da der Laden, wie alle im Bazar, klein ist, war es oft eine Platzfrage, daß ich ging, selbst wenn Ersever mich aufforderte, doch noch zu bleiben.

Wir hatten uns in einem Ufercafé in Bebek verabredet. Einzelne Reihen von Tischen und Stühlen standen auf einem Kiesstreifen, an dem auf der einen Seite die Autos und auf der anderen die Schiffe vorbeifuhren. Sevim und Ayten waren schon da, als ich kam. Es ging gegen Abend und die Wege zu beiden Seiten der Uferstraße waren von Spaziergängern überschwemmt, die lachend und aufgekratzt, als hätten sie zum erstenmal am Tag ihre Häuser verlassen, in beide Richtungen dahinströmten, begleitet von den Fahrrädern, auf denen die Kinder ihnen vorausfuhren und deren Klingeln durch ihre Gespräche schrillte.

Wir saßen da, in der halben Kühle, die von der Meerenge kam, und in der halben Wärme, die vom Boden aufstieg, und sahen aufs Wasser hinaus, auf dem immer mehr Farben ineinanderliefen, je schräger der Winkel wurde, in dem das Licht die Oberfläche traf.

Sevim meinte, ich würde vielleicht zu müde sein für später, für den langen Abend, ich sähe aus, als könne ich jeden Moment einschlafen und hätte womöglich wieder Blasen an den Füßen.

Du läufst zu viel herum, was kann es in der Stadt noch geben, was du nicht gesehen hast? Es ist nicht die richtige Jahreszeit.

Und Ayten: Du solltest eiserne Schuhe haben und einen eisernen Stock. Oder einen Esel und einen Sonnenschirm mit langen Troddeln. Der Himmel ist aus Kupfer und singt... sie lachten, klopften mir auf den Rücken und schoben mir den Teller mit den Pistazien zu.

Es war als hätte die Bewegung des Wassers einen Einfluß auf ihre Art zu sprechen. Sie erzählten von den vergangenen Ferien, die sie gemeinsam an der Ägäis verbracht hatten. Sie hatten in einem Haus gewohnt, das keine fünfzig Meter vom Meer entfernt war, in einem sehr sauberen Haus, mit einem großen, kühlen Zimmer. Sie waren morgens lange im Bett geblieben und dann mit Orhan, Aytens Bruder, zu den Felsen hinausgefahren, um nach Tintenfischen und Seesternen zu tauchen. Tagsüber aßen sie nur Obst und Brot, sie hatten Melonen mit und im Boot war ein Spirituskocher, auf dem man Tee machen konnte. Abends gingen sie in ein Restaurant und aßen wie im Ramazan beim Fastenbrechen, und danach gingen sie spazieren oder in ein Freiluft-Kino und einmal waren sie nachts von den Fischern mitgenommen worden und sie sahen, wie die Netze eingeholt und wieder ausgelegt wurden. Und dann hatten die Fischer Märchen erzählt, weil das Radio einen so schlechten Empfang hatte, und sie fuhren sogar ein Stück durch griechische Hoheitsgewässer, ohne Licht und ohne Motor, und sie waren erst nach Hause gekommen, als es schon wieder hell wurde. Und dann dachten sie, ein

Skorpion säße auf dem Feigenbaum vor ihrem Fenster und Orhan stieg hinauf und schüttelte ihn herunter, dabei war es gar kein Skorpion, nur eine vertrocknete Blüte, die sich aber gegen den Morgenhimmel so ausgenommen hatte, als wäre sie einer. Sie hatten so geschrien, als die Blüte vor ihnen zu Boden fiel, daß die Hausleute aufgewacht waren, aber sie hatten es ihnen nicht übelgenommen, sondern gesagt, daß sie ohnehin bald hätten aufstehen müssen. Es war das einzigemal, daß sie zusammen am Meer gewesen waren, und sie wollten, daß ich diesmal mit ihnen käme, im August oder so, da müßte ich eben noch länger bleiben.

Die Sonne begann hinter einen Wolkenrand abzusacken und hinter mir sagte jemand das Wort *kumbara* und es sah wirklich so aus, als schöbe man eine Münze in den Schlitz einer Sparbüchse. Wir gingen ein Stück die Uferstraße entlang, bogen dann ab und stiegen auf einer unasphaltierten Straße einen Abhang hinauf, bis wir zu einigen Apartmenthäusern kamen, die noch ziemlich neu aussahen. In einem davon war Aytens Wohnung. Ihr Vater hatte ihr Geld hinterlassen, das gerade für den Kauf gereicht hatte.

Die Wohnung war mit Möbeln eingerichtet, wie man sie überall in den Auslagen sehen konnte. Nur im Eßzimmer gab es noch ein Sofra, das aus einer großen gravierten Kupferplatte und einem zusammenlegbaren, niedrigen Holzgestell bestand, und dazu Polster.

Sevim und ich setzten uns auf den Boden, während Ayten, die schon vorher das Sofra gedeckt hatte, Brot, Käse, Oliven und verschiedene Arten von Gebäck hereinbrachte.

Trinkst du?

Ich sah Ayten an, die in der Tür stand und etwas hinterm Rücken hielt. Ich verstand nicht, was sie meinte, und Sevim sah zum Fenster hinaus. Ayten zog eine Wodkaflasche hinter ihrem Rücken hervor und ich mußte lauthals lachen. Sie stellte die Flasche auf das Sofra, nahm die vorbereiteten Teegläser wieder weg und kam mit anderen Gläsern und halbierten Zitronen zurück. Sevim schenkte ein und wir stießen miteinander an. Nach dem ersten Schluck mußte ich laut ausatmen, ich hatte schon lange keinen Wodka mehr getrunken.

Du mußt viele Oliven essen, dann macht es nichts, und sie reichten mir abwechselnd welche, als wäre ich nicht imstande, mir selbst zu nehmen. Iß nur, iß, sonst verträgst du es nicht.

Der Wodka trieb uns die Hitze ins Gesicht und ich spürte, wie sich auf meiner Oberlippe Schweißtropfen bildeten, aber Ayten war nicht dazu zu bewegen, ein Fenster aufzumachen. Man wird uns hören. Wenn wir trinken, wird man uns hören und wir werden nicht mehr daran denken, das Fenster zu schließen.

Wir umarmten uns und beglückwünschten uns gegenseitig zu dem Fest und ich sagte, daß es bei uns üblich wäre, in Gesellschaft zu trinken. Sie sagten, daß sie es schon seit Jahren, wenn auch nicht oft, aber dann richtig täten, schließlich wären sie aufgeschlossen und alt genug dazu. Nur müßten sie es mit großer Vorsicht tun, es dürfe niemand davon wissen. Bei mir wären sie wohl einigermaßen sicher.

Ayten erzählte, wie sie innerhalb von Wochen eine Flasche nach der andern in die Wohnung gebracht hatte, ohne daß die Nachbarn etwas bemerkt haben konnten. Sie hatte jede Flasche in einem anderen Laden, meist in Galata, gekauft und dabei darauf geachtet, daß sie von niemandem, der sie kannte, dabei gesehen wurde. Sie erzählte es unter Gelächter, das ihr die Tränen in die Augen trieb, und Sevim, die die Geschichten alle schon kannte, unterbrach sie mehrmals, um sie zu korrigieren oder zu einer ausführlicheren Schilderung zu veranlassen, wenn sie glaubte, mir würde etwas unterschlagen.

Und als die Geschichten erzählt waren, einige davon mußte ich selbst auflösen, wenn Ayten zum Beispiel fragte, was ich glaubte, daß sie dann getan hatte und ich sagte, was ich glaubte, daß sie dann getan hatte und Ayten und Sevim richtig! oder falsch! riefen und eine neue Frage aufwarfen, die ich ebenfalls halb ratend, halb der vorhergehenden Geschichte folgend, beantwortet hatte, und dann jede Flasche als eine bestimmte vor mir stand, versprach ich, nächstesmal bei der Besorgung mitzuhelfen.

Wir legten Platten mit anatolischer Musik auf und sie zeigten mir, indem sie mit den beiden Zeigefingern schnalzten, die Handflächen als Klangkörper benützend, den Takt und den Rhythmus und machten mich auf Besonderheiten aufmerksam, die ich sonst vielleicht nicht hören würde. Dabei saßen sie auf den Fersen, wiegten sich mit zurückgebogenem Kopf, aus den Schultern heraus mit den Armen schlängelnd, während ich aufstand, ein Taschentuch in die Hand nahm und versuchte, die behäbigen Schritte männlicher Tänzer nachzuahmen, und die beiden in Form eines Achters umkreiste, wobei ich so tat, als würde ich ihnen Geldstücke auf die Stirn legen. Dann brach alles zusammen und wir rollten auf dem Boden, lachten in die Polster, die wir umarmt hielten, griffen nach unseren Gläsern und verschütteten ihren Inhalt auf dem Teppich.

Ich lag mit Ayten Arm an Arm und Bein an Bein. Sie fing an mich zu untersuchen. Du mußt sie dir wegmachen. Komm mit ins Bad, auch wir müssen sie uns wegmachen. Es geht ganz einfach. Man kocht Zucker und Zitronensaft bis es ein Brei wird und den legt man auf die Arme und Beine. Es tut nicht weh. Und wenn wir den Brei abreißen, singen wir. Du wirst glatt und schön sein. Und an den anderen Stellen rasieren wir dich.

Sie waren aufgestanden, hatten mich an Armen und Beinen gepackt und schleiften mich auf dem Boden in Richtung Badezimmer. Da begriff ich, was sie vorhatten. Ich versuchte, es ihnen auszureden, aber sie hörten nicht auf mich und hatten schon zu singen begonnen. Im Badezimmer suchten sie dann nach Handtüchern und Gürteln, um mich zu fesseln. Ich lachte und wehrte mich zugleich. Ayten sollte den Brei machen und Sevim hatte bereits das Rasiermesser in der Hand. Ich schlug um mich und wälzte mich auf den Fliesen. Ayten und Sevim standen mit weit aufgerissenen Mündern über mir und spielten mir eine gräßliche Entleibung vor. Ich versuchte sie abzulenken, ihnen zu schmeicheln, aber sie waren nicht davon abzubringen.

Du wirst schön sein, du wirst schön sein! Und sie fingen an, mir das Kleid hochzustreifen. Ich wollte schon laut schreien, als es mir dann doch einfiel. Der Luftschacht, man wird uns hören. Sie werden uns alle hören und alles wissen. Ich mußte es mehrmals wiederholen, bis ich mich gegen das Singen behaupten konnte, aber als sie verstanden hatten, ließen sie mich sofort frei.

Wir schenkten uns wieder die Gläser voll, setzten uns auf den Boden und ich warf mit Nüssen nach ihnen.

Ihr habt einen Vogel! Sie kannten den Ausdruck nicht, er kommt in ihrer Sprache nicht vor.

Einen riesigen Vogel! Ich deutete seine Ausmaße an, einen weißen Hahn ohne Beine, den Papagei, aus dem die Welt erschaffen wurde, den Pfauenengel der Jesiden, einen ganz großen, und der sitzt in eurem kleinen Hirn und gackert. Ich tippte an meine Stirn und sie lachten.

Dann machten wir wieder Musik und Ayten und Sevim holten sich Kleiderbügel aus dem Schrank und begannen damit zu tanzen. Es war eine alte Platte mit einer Art Tango und sie drückten die Kleiderbügel an die Brust und schritten mit verklärten Gesichtern kräftig aus. Ich saß bei den Platten und legte immer wieder neue auf, anatolische, wobei ich mit den Händen dazu klatschte und Ayten und Sevim hin und wieder etwas zurief, um sie anzufeuern. Plötzlich fingen sie sich in der Art der Mevlevi-Derwische zu drehen an, die Kleiderbügel weit von sich haltend, und während sie sich immer schneller drehten, stießen sie ein langgezogenes *huuuu* aus. Auch ich geriet in Begeisterung, aber als ich aufstehen wollte, um mich ebenfalls zu drehen, zerbrach Sevim ihren Kleiderbügel, fing zu weinen an und ließ sich schluchzend zu Boden fallen. Ayten und ich versuchten sie zu trösten, streichelten sie, hielten ihre Hände und fragten sie, ob wir sie nicht ins Bad bringen sollten. Aber sie deutete nein und weinte nur immer noch lauter, bis wir sie aufhoben und ins Bett brachten, wo sie dann mitten in einem Schluchzen einschlief.

Ayten und ich trugen die Gläser zurück in die Küche, spülten sie aus, um den Alkoholgeruch zu vertreiben. Dann gingen wir ins Bad und stellten uns gemeinsam unter die Dusche.

Nun weicht, ihr armen Leuten, weicht!
Und sei es euch gesagt,
Es hat der hohe Divan
Auf morgen sich vertagt!

Es war wenig, was ich über die Bektaschi wußte. Daß an ihren geheim gehaltenen Zeremonien auch Frauen teilgenommen hatten, daß sie Alkohol tranken, daß sie sich über das Bilderverbot hinweggesetzt hatten. Es wurden ihnen Sakrilege, Umsturzbestrebungen, aber auch Mißbrauch der Macht, die sie während der Patronanz über das Janitscharenkorps zweifellos ausübten, vorgeworfen, und sie selbst hatten wie die Schiiten einen eigenen Ausdruck dafür, daß man jene, die Muhammed und seine Nachkommen lieben, liebt und der Freund derer ist, der ihr Freund ist.

Der Orden ist angeblich im dreizehnten Jahrhundert entstanden, die Sekte der Alevis wahrscheinlich schon wesentlich früher. Im Gegensatz zu den anderen Derwischorden hatten sich die Bektaschi und die Alevis in ihrer Dichtung ein reines Türkisch erhalten. Auch haben sich in der Lehre eine Reihe von Vorstellungen aus der alten, schamanistischen Religion behaupten können. Bei seiner Gründung waren dem Orden Mitglieder aus den männerbündisch organisierten Handwerkergilden und den sozialrevolutionären Gruppen der Babais zugegangen, was sich auf seine Gestalt ausgewirkt hat. Im Jahr neunzehnhundertachtundzwanzig sind sämtliche Orden aufgelöst und ihre Mitglieder der Loyalität gegenüber dem Scheich entbunden worden. Seither gab es eine Reihe von Publikationen, manchmal auch von ehemaligen Bektaschi, die das Wesen des Ordens zu erläutern und seine Geheimlehre zu analysieren versprachen. Ich hatte einige dieser Bücher auf das Anraten von Engin Bey hin gelesen, ohne daß ich das Gefühl hatte, dabei wirklich etwas erfahren zu haben.

Ich hatte angefangen, mich mit der Geschichte des Ordens zu befassen, aber sowie ich versuchte, chronologisch vorzugehen, erfaßte mich bald ein Ekel vor der Kontinuität, daß ich wieder damit begann, durcheinander zu lesen, und Sevim nur mehr den Kopf schüttelte, wenn ich an einem Abend mit mindestens fünf Büchern in den Hof hinaus ging.

Ich konnte mir nicht vorstellen, daß eine Organisation wie die der Bektaschi durch einen Regierungsbeschluß aus der Welt zu schaffen war, daß man sie einfach aufheben konnte, ohne daß es Restgruppen gab, die *im verborgenen* – ein Ausdruck, der auch für den zwölften Imam al-Mahdi angewendet wird – weiterexistierten. Auch hatte ich munkeln gehört, daß der und der etwas wüßte oder damit zu tun hätte, aber wann immer ich einer dieser Spuren nachging, stieß ich auf nichts als Vermutungen, Mißverständnisse und üble Nachrede. Engin Bey hatte mir davon abgeraten, weiter in dieser Richtung zu suchen, es würde nichts dabei herauskommen, schon gar nicht für mich. Ich selbst fragte mich oft genug, ob es nicht besser wäre, etwas ganz anderes anzufangen.

Ich verstand immer nur einen Teil, das übrige bestand aus Anspielungen auf die sogenannten Geheimnisse, die selbst unter Lebensgefahr nicht preisgegeben werden durften und die auch in den neueren Publikationen nur ungenügend untersucht worden waren. Dabei soll es so gewesen sein, daß auch den Adepten das Wissen nur stufenweise übermittelt wurde, so daß es vorkam, daß Novizen sich noch für ganz etwas anderes hielten, als sie zu werden im Begriff standen. Die Dichtungen aber gehörten zu den religiösen Zeremonien, bei denen sie zur Musik von Saiteninstrumenten gesungen wurden, eine vorislamische Tradition, die ebenfalls nur *im verborgenen* weiterexistieren konnte.

In der Stadt hat es vierzehn Tekkes gegeben. Die meisten wurden unter Mahmut II. nach dem großen Janitscharenaufstand zerstört. Die Zentren des Bektaschitums waren jedoch in Anatolien und am Balkan.

Ich fragte mich von Zeit zu Zeit, was denn mit dem Augenschein gewonnen wäre. Die Fotos der letzten Scheiche, die ich in einem der Bücher gefunden hatte, wirkten eher abschreckend. Vielleicht lag es an der Qualität der Aufnahmen: vollbärtige, debil wirkende Gesichter, mit nur einem ernst zu nehmenden Ausdruck, dem der Gier.

In einem Buch über islamische Mystik behauptete ein schwedischer Bischof, Lutheraner, daß der mystische Sektenführer, der Scheich, der die lebendige Inkarnation der Gottheit ist und seine Gläubigen oft mit brutalem Machtwillen, öfter noch mit raffinierter seelischer Tyrannei und manchmal auch mit Kniffen und Taschenspielertricks lenkt, eine der unsympathischsten Typen sei, die die Religionsgeschichte hervorgebracht hat. Die Frage ist, inwieweit das Vorrecht der Bektaschi, sich im Umgang mit Gott Dreistigkeiten zu erlauben, nicht eine Kompensation des absoluten Gehorsams seiner Inkarnation gegenüber war, und ob nicht die Vorwegnahme gesellschaftlicher Entwicklungen innerhalb der Sekte oder des Ordens eine Kompensation der Verachtung für die Außenstehenden war.

Als ich das erstemal von den Bektaschi gehört hatte, war es im Zusammenhang damit, daß man ihnen nachsagte, sie hätten mit Rollen, auf denen Koranverse geschrieben standen, ihre Weinfässer zugestöpselt. Der Name der Alevis oder Kızılbaşs, was soviel wie Rotköpfe heißt, hat unter den Sunniten einen anrüchigen Klang, dabei haben sie nichts mit den Yesiden, den »Teufelsanbetern« zu tun, im Gegenteil, denn diese leiten sich unter anderem von Yesid, dem »Mörder« des Prophetenenkels Hüseyn, her.

In manchen Fällen ist die Terminologie eindeutig. Die Wertschätzung des Gastes findet ihren Ausdruck darin, daß das Wort Gast gleichzeitig ein Synonym für Ali, die Inkarnation Allahs und Muhammeds, ist, daß der Gast auch ein Haus betreten kann, in dem nur Frauen sind. Doch darf er mit den Händen, den Lenden und der Zunge keinen Schaden anrichten.

Ich war eine Weile allein an einem Tisch des Straßencafés vor der Sultan-Ahmet-Moschee gesessen, aber dann hatten sich ein Amerikaner und seine Freundin zu mir gesetzt und wir hatten miteinander zu reden begonnen. Wir saßen dem ehemaligen Hippodrom gegenüber und der Amerikaner fragte mich, ob es stimmte, daß hier auch in der türkischen Zeit die großen Feste stattgefunden hätten.

Ich nickte. Da waren die Gilden eingezogen und die Spaßmacher, die Fakire, die Seiltänzer, die Taschenspieler und die Akrobaten. Man kämpfte mit Bären und sperrte junge Burschen in ein Faß voll giftiger Schlangen, aus dem sie heil wieder herauskamen. Affen ritten auf Eseln und kleine Ziegenböcke tanzten auf einer in der Hand getragenen Säule. Balancekünstler hatten je einen Trommler auf ihren Armen sitzen und den dritten balancierten sie auf einer Stange über der Stirn. Und jüdische Imitationskünstler haben ihr Publikum noch damit unterhalten können, daß sie sich auf westliche Art kleideten.

Der Amerikaner schlug sich lachend auf die nackten Schenkel und meinte, das wären noch Zeiten gewesen. Er wüßte nicht viel darüber, aber das, was er wüßte, sei sicher symptomatisch für die Zeit und er erzählte die Geschichte von Mehmet dem Eroberer und der schönen Irene. Seine Vezire hatten ihm vorgehalten, daß er seine Zeit verhurte und sich nicht mehr um das Reich kümmerte. Da ließ er diese Irene hereinbringen und fragte sie alle, ob sie je ein schöneres Mädchen gesehen hätten. Natürlich verneinten sie. Da zog er seinen

Dolch heraus und schnitt ihr den Hals ab, einfach so, und der Amerikaner fuhr sich mit dem Finger über die Kehle und machte *grrr* dazu.

Seine Freundin griff mit der Hand an den eigenen Hals und lachte erschrocken, was der Amerikaner für Koketterie zu halten schien, denn er nahm die Hand von ihrem Hals und fuhr ihr mit der Zunge über die Kehle.

Der kleine Junge, der die Getränke austrug, machte den Kaffeesieder darauf aufmerksam, wobei er den Ausdruck *ehrlos* verwendete, und der Kaffeesieder schimpfte laut vor sich hin, was aber der Amerikaner und seine Freundin nicht verstehen konnten.

Einige der Ausländer, die hier herumsaßen, kannte ich vom Sehen, doch die meisten Gesichter wechselten ständig. Auch der Amerikaner und seine Freundin wollten weiter, zu den Tuffsteinhöhlen von Ürgüp und Göreme und dann nach Konya. Sie hatten in einer Illustrierten einen Bericht über die tanzenden Derwische gelesen und wollten den Mevlevis, die sich scheinbar wieder in der Öffentlichkeit zeigten, dabei zusehen, wie sie in ihren *Zustand* kamen. Außerdem war in Konya das Grab Mevlanas und von Konya aus würden sie dann schon irgendwie weiterkommen, sie hätten zwar nicht viel Geld bei sich, aber die Leute wären alle so gastfreundlich.

Ein Schuhputzer kam, den Kasten an einem Tragriemen von den Schultern hängend, den Hocker auf den Schultern tragend. An der Vorderfront seines Kastens steckten farbige Ansichtskarten, von denen eine verrutscht war, und dahinter kam das Bild einer Frau mit großen nackten Brüsten zum Vorschein. Der Amerikaner hielt dem Schuhputzer seine ausgetretenen Mokassins hin und während ich mit seiner Freundin sprach, zeigte der Schuhputzer, der bereits seiner Arbeit nachging, dem Amerikaner eine Reihe weiterer Nacktfotos. Jedesmal, wenn er mit der Bürste in die Paste fuhr, verrückte er mit dem kleinen Finger der rechten Hand eine Ansichtskarte. Good grief! der Amerikaner lachte aus dem Grund seiner Eingeweide heraus. Er schien den Schuhputzer für einen Zuhälter zu halten und machte eine abwehrende Bewegung.

Zu fett! zu fett! und er unterstrich seine Worte mit einer weit ausholenden Bewegung. Der Schuhputzer rückte die Ansichtskarten wieder zurecht und putzte schweigend weiter.

Was war denn? fragte das Mädchen, als der Schuhputzer weitergegangen war. Der Amerikaner konnte sich noch immer nicht beruhigen.

Ich muß aussehen wie einer, der nicht genug bekommt! und er kniff seiner Freundin lachend in den Arm.

Ich bemerkte Turgut erst, als er mit der Hand meine Schulter berührte, so als müßte er sich auf etwas stützen, während er mit der anderen nach einem leeren Sessel griff und ihn sich unterschob. Er grüßte den Amerikaner und seine Freundin, setzte sich aber so, daß er ihnen die Seite zukehrte und damit deutlich machte, daß er keine Lust hatte, in ein Gespräch einzusteigen. Er war ganz nahe an mich herangerückt, nahm meine Sonnenbrille, die auf dem Tisch lag, setzte sie sich auf und sah mir ins Gesicht. So ist das Leben, kleine Frau. Der Hund bellt, das Kamel geht weiter. Der Amerikaner und seine Freundin hatten gerade bezahlt und verabschiedeten sich. Ich wünschte ihnen das Übliche und sie gingen Arm in Arm, umschlungen, in Richtung Topkapı davon.

Turgut setzte meine Sonnenbrille wieder ab und rückte mit seinem Stuhl wieder weg von mir. Er begann mit dem Fuß zu wippen, zog Zigaretten aus der Hemdtasche und bot mir eine an. Ich nahm sie, wartete, bis er mir Feuer gegeben hatte, rauchte, tötete sie aber bald wieder ab, da ich Turguts Marke nicht mochte.

Den Spielregeln zufolge hätte ich nun etwas sagen müssen, aber ich gähnte und wartete ab. Auch Turgut sagte nichts, sondern fuhr sich mit dem zusammengelegten Taschentuch mehrmals über die Stirn, ohne daß er wirklich geschwitzt hätte. Ich war versucht, den Atem anzuhalten, stieß aber die Luft wieder durch die Nase aus. Wir saßen so, daß unser beider Gesichter in dieselbe Richtung schauten. Nach einer Weile begann ich das Gewicht der Luft zu spüren und ich fürchtete, daß mir die Beine einschlafen könnten, wenn ich mich nicht bewegte. Ich nahm also meine Beine von der Leiste des Stuhls, stellte sie auf den Boden und schlug sie dann übereinander.

Turgut sah mich die ganze Zeit über aufmerksam an, wenn auch nur aus den Augenwinkeln. Ich wußte, daß ich keine große Chance mehr hatte. Um nicht völlig das Gesicht zu verlieren, nahm ich einen Bleistift aus meiner Tasche, riß ein Blatt aus meinem Kalender und schrieb auf, wo ich gewesen war.

Turgut las, was auf dem Blatt stand, steckte es ein und fing dann damit an, daß Sevims Eltern noch eine Weile in Bursa bleiben würden. Das Bad täte ihnen gut und sie wären gerne dort. Auch wäre es ganz gut, wenn sie sich daran gewöhnten, nicht mehr im Haus zu wohnen, da es ohnehin abgerissen würde. Sevim würde schon überlegen, ob sie sie nicht gleich nach Thrakien bringen sollte, wo die übrigen Verwandten wohnten.

Und Sevim selbst?

Sevim wird aufs Dorf gehen und dort unterrichten.

Und du?

Ich konnte mir Sevim und Turgut einigermaßen gut im Dorf vorstellen. Sie würden sich Respekt verschaffen und während Sevim an der Tafel stand und mit verschiedenfarbigen Kreiden Buchstaben oder die Erdkugel aufmalte, würde Turgut die Schüler zusammenhalten, indem er sie wie ein Hund umkreiste und sie an den Ohren zurück an ihre Plätze zog, wenn sie versuchen würden sich davonzumachen. Nach der Schule würde dann Sevim die Frauen des Dorfes besuchen und ihnen sagen, wie sie ihre Kinder zu erziehen hätten und daß sie mehr auf Hygiene achten sollten, während Turgut im Teehaus des Dorfes mit den Männern Tavla spielte und versuchen würde, ihnen zu erklären, was die Regierung alles falsch machte.

Das Dorf hat noch alle Möglichkeiten, sagte Turgut. Sie sind nur bisher noch nicht genützt worden. Du mußt es wissen, du kommst doch selbst aus einem Dorf. Ich nahm mir nun doch wieder eine von seinen Zigaretten.

Nicht aus einem Dorf, aus einer Stadt, auch wenn sie im Osten liegt. Aber ich kenne das Dorf. Turgut gab mir Feuer und schüttelte die Hand mit dem Streichholz, bis der Kopf schwarz geworden war und absprang.

Du traust es dir also zu?

Wer sonst, wenn nicht ich. Turgut blähte sich einen Augenblick lang so auf, daß er wie ein Pehlivan aussah.

Soviel gutem Willen ist die Stadt nicht gewachsen.

Davon hast du keine Ahnung. Turgut kniff die Augen zusammen, bis er aussah wie ein Wolf.

Doch, sagte ich und fing zu erzählen an:

Es war einmal ein Dorfmädchen, das liebte einen Dorfhelden. Es war die Dorfschönste und sie wurde nicht nur vom Dorfhelden, sondern auch vom Dorftrottel geliebt. Die Dorfschönste hatte ein gutes Herz und so tat ihr der Dorftrottel leid. Sie brachte ihm hin und wieder etwas zu essen, während er die Schafe hütete. Diesen Umstand machte sich der Dorfschurke zunutze und verleumdete die Dorfschönste beim Dorfhelden. Ich habe gesehen, sagte er zu ihm, wie deine Braut es mit dem Dorftrottel getrieben hat, und zwar hinter einem Busch auf der Dorfweide. Der Dorfheld, der, wie alle Helden, sehr heißblütig war, stürzte hinaus auf die Dorfweide, wo die Dorfschönste, die dem Dorftrottel gerade wieder etwas zu essen gebracht hatte, im Gras saß und zuhörte, wie der Dorftrottel auf der Flöte blies. In seinem Grimm stürzte sich der Dorfheld auf den Dorftrottel, riß ihm die Flöte aus dem Mund und schlug so lange damit auf ihn ein, bis er umfiel und sich nicht mehr rührte. Die Dorfschönste, seine Braut, aber packte er an den Haaren und schleifte sie zurück ins Dorf, wo er sie dem Dorfklatsch preisgab.

Zum Glück kam, gerade rechtzeitig, der Dorfälteste dazu, der den Irrtum aufklärte, indem er dem wütenden Dorfhelden erzählte, daß der Dorftrottel in Wirklichkeit der Bruder der Dorfschönsten sei, obwohl er bei anderen Leuten aufgewachsen war. Es wäre die Stimme des Blutes gewesen, die in der Dorfschönsten und dem Dorftrottel eine tiefe geschwisterliche Zuneigung zueinander erweckt hatte. Dann gingen sie alle gemeinsam hinaus auf die Dorfwiese, wo sie den Dorftrottel, zwar noch immer liegend, aber schon wieder bei Sinnen, vorfanden. Der Dorfheld schenkte ihm eine neue Flöte und dazu auch noch ein ganzes Lamm, das am Abend während eines großen Dorffestes verspeist wurde. Der Dorfschurke aber, dessen Maß ohnehin schon voll war, wurde davongejagt und durfte sich im Dorf nicht mehr blicken lassen.

Turgut sah mich an, als hätte ich in einer ihm fremden Sprache gesprochen, und so beeilte ich mich, ihm zu sagen, daß Aysel Nur in diesem Film die Hauptrolle gespielt hatte und daß die Landschaftsaufnahmen so schön gewesen wären, daß sie auch mich überzeugt hätten.

Du darfst dem Vogel der Seele keine Körner streuen. Wenn er die Federn abwirft, wirst du dein Gesicht im Wasser deiner Taten sehen.

Ich hatte nun ständig einen Schlüssel zur Aksus Wohnung und konnte tagsüber jederzeit hingehen, was ich auch öfter tat. Meist legte ich mich aufs Bett, las, rauchte Aksus Zigaretten und trank das Wasser, das im Eisschrank stand. Manchmal schlief ich ein und erwachte erst, wenn Aksu aus dem Spital zurückkam. Er weckte mich nicht, bewegte sich so leise wie möglich, trotzdem nahm ich ihn wahr, blieb aber mit geschlossenen Augen liegen, mit vor Erwartung klopfendem Herzen, bis er sich neben mich legte und sein Gesicht über dem meinen war. Erst dann öffnete ich die Augen, so als würde ich eben erst aufwachen, gerade in seinen Blick hinein. Und jedesmal wieder glaubte ich, daß es nun geschehen müßte, aber Aksus Umarmung war von einer Hingabe, die mich ausschloß, so als wäre ich nicht ich, und ich fragte mich, wen oder was er so liebte.

Ich wußte nie, ob er in der Zeit, die er dann völlig reglos neben mir lag, wirklich schlief oder ob es nur ein Zustand völliger Leere war, der es ihm unmöglich zu machen schien, auch nur den Arm zu heben. Er atmete ganz leise und rührte sich nicht, wenn ich ihn mit einem Laken zudeckte, damit ihn die Fliegen, die trotz aller Vorkehrungen ins Zimmer drangen, nicht belästigten.

Meist tranken wir dann noch etwas, bevor ich ging, und Aksus Gesicht wurde wieder so, wie ich es vor mir sah, wenn ich an ihn dachte. Wir redeten miteinander und er war von einer solchen Gelöstheit, daß selbst die Resignation zu einer leichten, fast heiteren Sache wurde. Ich wünschte mir dann nichts so sehr, als ebenfalls damit auskommen zu können, von mir abzugehen, aber sooft ich es versuchte, fühlte ich mich nur ausgesetzt. Ich empfand dann plötzlich bei jeder auch nur zufälligen Berührung von Aksu einen Widerwillen, der so ungerechtfertigt war, daß ich hätte weinen können, und ich träumte nachts davon, daß ich es wäre, die sich über ihn beugte, und ich sah mein Gesicht, in dem Aksus Gesicht aufgegangen war, unter mir liegen und die Befriedigung war ebenso maßlos wie die einsetzende Bitterkeit beim Erwachen.

Ich wäre wegen Aksu keinen Tag länger in der Stadt geblieben. Vielleicht würde ich seinetwegen einmal zurückkommen, aber ich glaubte nicht daran, daß sich die Rollen vertauschen ließen. Ich war sicher, daß ich ihn nie einholen würde.

Manchmal hatten wir auch über Süheyla gesprochen und ich erwartete, daß er mir zureden würde, sie zu besuchen, aber er fragte höchstens, ob ich schon bei ihr gewesen war. Wenn ich mich dann auf etwas ausredete und sagte, daß ich demnächst ganz bestimmt hingehen würde, meinte er bloß, ich würde es schon tun, wenn mir danach wäre, und ich war ungehalten darüber, daß er es so sehr für mein Problem anschaute, daß er nicht einmal bereit war, Stellung dazu zu nehmen.

Ich hatte begonnen, mich an die Hitze zu gewöhnen, nahm sie als etwas Selbstverständliches hin und fing zu frösteln an, wenn ich in einen Luftzug geriet. Die Gewißheit, nicht plötzlich von kalter Witterung überrascht werden zu können, suggerierte mir ein Gefühl von Bedürfnislosigkeit, die etwas ungemein Beruhigendes hatte. Wenn ich mir vor Augen hielt, mit wie wenig Sevim, Turgut und ich auskamen, ohne es als Mangel zu empfinden, begann ich daran zu glauben, daß sich alle Ansprüche auf ähnliche Weise reduzieren lassen könnten.

Manchmal fand ich Geld in meiner Tasche, das nur von Aksu sein konnte. Beim erstenmal hatte ich versucht, es ihm zurückzugeben, aber dann wurde mir klar, daß meine Empörung genauso lächerlich war, wie Aksus Angst, ich könnte es ihm verheimlichen, wenn es mir an etwas Nötigem fehlte. Wir redeten nicht mehr darüber, und wenn ich mit Turgut wieder auf den Fischmarkt ging, kaufte ich Muscheln, Scampi oder irgendeinen seltenen und teuren Fisch und wir machten ein Festessen, zu dem wir auch Ayten einluden.

Der Himmel war weit weg. Eine Veränderung der Luftfeuchtigkeit bewirkte anscheinend, daß man ihn, obwohl er immer noch blau war, kaum mehr ausnehmen konnte. Der Wind roch nach Regen, aber es gab keine Wolken, nur Schwaden, die aber nicht danach aussahen.

Ich war zur Sokullu Mehmet Paşa-Moschee hinuntergegangen, die zwischen dem Hippodrom und dem ehemaligen Kadirga-Hafen liegt. Der Hof war leer. Ich ging zum Brunnen, an dem die religiösen Waschungen vollzogen werden, und ließ mir Wasser über Arme und Hände rinnen. Es ist ein Hof, der auf drei Seiten von Säulengängen umgeben ist, hinter denen sich die Zellen der Koranschüler befinden. Die vierte Seite wird von der Front der Moschee gebildet.

Der Eingang war mit einem grünen Plastikvorhang zum Schutz gegen die Sonne verhängt. Ich stellte meine Sandalen in die Holzrinne neben dem Eingang und ging bis zur Mitte vor. Der Innenraum wirkte eher klein, aber die Fayencen zu beiden Seiten des Mihrab waren noch aus den alten Werkstätten von Iznik und hatten Farben, deren Herstellung man längst vergessen hat. Engin Bey hatte mir von kleinen schwarzen Steinen erzählt, die jemand von der Kaaba aus Mekka gebracht haben soll. Als ich den ersten, in Gold gefaßt, über der Stalaktitenverzierung des Mihrab entdeckte, spürte ich, wie mich etwas an der Schulter berührte. Ich hatte niemanden kommen gehört und erschrak so sehr, daß ich einknickte, obgleich die Hand nicht den geringsten Druck ausübte, als wäre sie ein Taubenflügel, der mich streifte. Ich wagte kaum, mich umzudrehen, hörte ein Kichern und Gurren und sah dann einen Moscheediener, der so offensichtlich bresthaft war, daß ich den Blick senkte. Seine Hände waren schmal und leicht, mit langen blauweißen Fingern.

Kaaba, Kaaba, sagte er und zeigte auf die Stelle mit dem Stein, die ich gerade entdeckt hatte. Da, rief er, da, und zeigte auf weitere Stellen, an denen kleine schwarze Steine angebracht waren. Gehorsam folgte ich seiner Hand. Er hatte mich noch nicht losgelassen und ich spürte, wie die schmale, lange Hand immer schwerer wurde, wie ihre Finger sich mit Leichtigkeit um meinen Oberarm schlossen und wie er seinen ebenso leichten, buckligen Körper immer dichter an mich heranschob.

Kommen, kommen, sagte er und zerrte mich in die Nähe des Eingangs, von wo aus eine Treppe auf eine Estrade hinaufführte, die der Gebetsplatz für die Frauen gewesen war oder für den Würdenträger, der die Moschee hatte erbauen lassen.

Ich wußte nicht, ob der Moscheediener so mit mir sprach, weil ich Ausländerin war oder weil er gar nicht zusammenhängend sprechen konnte. Als wir in die Nähe des Ausgangs kamen, dachte ich einen Augenblick lang daran, mich loszumachen und hinauszulaufen, aber ich hatte schon aufgegeben, als weglaufen noch einen Sinn gehabt hätte.

Die Treppe war sehr eng. Ich ging voraus und er ging hinter mir, ohne seinen Griff zu lockern. Es war so, daß er mich Stufe für Stufe mit der Hand empordrückte und ich keinen Widerstand leistete, ihm aber auch in keiner Weise entgegenkam. Ich drehte mich um und merkte, daß er zu schwitzen begann. Als wir schließlich oben standen, führte er mich an die Balustrade und begann wieder damit, mir die Kaabasteine zu zeigen. Es waren fünf, und er wurde nicht müde, immer wieder mit den Fingern darauf hinzudeuten. Der Mann, sagte er, aus Mekka, Mekka! und als ich nicht antwortete: Mekka? Ich sagte ebenfalls, Mekka! und er war zufrieden, weil ich mir darunter anscheinend etwas vorstellen konnte.

Der Mann... er ließ mich los und drückte mit der einen Hand seine Gurgel, während er die andere zum Schwert machte, das ihm durch die Kehle fuhr. Dazu röchelte er laut und dann begann er zu kichern.

Man hat ihm den Kopf abgeschlagen?

Kopf, schrie er, Kopf! und er freute sich darüber, daß ich verstanden hatte. Und dann tat er etwas, das in mir die Vorstellung erweckte, er spiele mit dem abgeschlagenen Kopf Ball, und dieser Kopf springe vor ihm her, bis in die Höhe seines Knies, und er drücke ihn zu Boden, um ihn immer wieder emporschnellen zu lassen. Sein Kichern war zu einem Lachen geworden, dem sich jedoch in seiner Kehle etwas in den Weg stellte, es klang wie ein Würgen, das ihm die Tränen in die Augen trieb, und plötzlich konnte ich nicht anders als mitlachen und er kam wieder auf mich zu und zeigte mir den Kopf und während ich ihn noch ungläubig ansah, warf er mir den Kopf zu und ich fing ihn auf und warf ihn zu ihm zurück, doch als er ihn wieder fing, zuckte seine Hand und es war, als hätte der Kopf ihn gebissen und er wurde böse auf mich. Zornig warf er den Kopf fort und packte mich wieder am Oberarm. Ich versuchte ihm zu erklären, daß ich nichts dafür konnte, aber er zeigte mir immer wieder seine verletzte Hand und dann schob er mich dicht an den Rand der Balustrade und gab mir einen Stoß, daß ich schon zu fallen glaubte, aber im letzten Augenblick hielt er mich zurück.

Nein, sagte ich, bitte nicht, und dabei berührte ich mit dem Gesicht seine Wange, während ich mich krampfhaft zurückbeugte.

Er fuhr zurück und fing wieder zu lachen an, als wäre alles ein Scherz gewesen, als hätte er mir verziehen, und um mir seine Versöhnlichkeit zu zeigen, führte er mich zur Treppe. Wieder mußte ich vorausgehen und wie zuvor führte er mich durch den Druck auf meinen Arm.

Er gurrte leise vor sich hin und während ich langsam Fuß vor Fuß setzte, spürte ich etwas auf meiner Schulter und sah, daß aus seinem Mund ein dünner Speichelfaden lief, der mir in die Vertiefung zwischen Hals und Schlüsselbein tropfte. Es waren nur noch wenige Stufen bis nach unten und ich hatte nicht den Mut, mich abzuwenden oder ihn auch nur darauf aufmerksam zu machen, seit ich wußte, wie leicht er böse wurde. Unten begann ich dann wieder richtig zu atmen. Er merkte, was geschehen war, und begann fürsorglich den Speichelfleck mit dem Ärmel seines Gewandes wegzuwischen.

Ich muß gehen, sagte ich, ohne die Stimme anzuheben.

Kommen, sagte er, kommen, und zerrte mich hinaus. Ich blieb bei meinen Sandalen stehen und er deutete mir, ich solle auf ihn warten. Dann rannte er durch den Säulengang und verschwand in einer der Zellen. Ich hätte nun gleich fortgehen können, aber ich war so erschöpft, daß ich Mühe hatte, mir die Sandalen anzuziehen. Als er wiederkam, stellte er sich vor mich hin und verzog das Gesicht.

Da, sagte er und gab mir etwas in die Hand. Es war ein kleiner schwarzer Splitter, der wie Glas aussah. Er legte den Finger auf den Mund und dann machte er noch einmal die Bewegung des Halsabschneidens, röchelte und kicherte.

Ich schloß die Hand über dem Splitter, machte mehrmals das Zeichen für nein und ging rückwärts aus der Moschee.

Unter dem grünen Plastikvorhang stieß ich mit einem Molla zusammen. Ohne etwas zu sagen, zwängte er sich an mir vorbei, rannte auf den Bresthaften zu, der noch immer kicherte und schrie auf ihn ein. Ich verstand nur, daß er ihm gesagt hätte, er sollte *drinnen* bleiben. Der Bresthafte, den er nun an den Armen gepackt hatte, wehrte sich, konnte sich aber nicht befreien, und der Molla führte ihn an mir vorbei in den Hof hinaus, ohne daß er sich noch einmal hätte umdrehen können. Sie verschwanden beide und ich konnte den Bresthaften noch eine Weile schnattern und fauchen hören. Ich wikkelte den schwarzen Splitter in ein Taschentuch und ging langsam in Richtung Divan Yolu zurück.

Bei einem Buchhändler in der Ankara caddesi traf ich die Tatarin. Sie war gekommen, um Bücher, die Engin Bey bestellt hatte, abzuholen, aber sie waren noch nicht eingetroffen. Wir gingen Kaffee trinken und da wir allein waren, fing sie an, mich über Aksu auszufragen. Wie lange ich ihn schon kannte und ob ich ihn öfter sehen würde. Ob ich noch nie daran gedacht hätte, für länger oder ganz in der Stadt zu bleiben. Ich ging nicht darauf ein, zeigte ihr aber den schwarzen Splitter und erzählte ihr von dem Bresthaften in der Sokullu-Moschee. Den hätte sie auch schon gesehen, sagte sie. Sie und Engin Bey wären einmal mit Amerikanern in der Moschee gewesen und da hätte er auch ihnen die Kaabasteine zeigen wollen.

Und der Splitter?

Schwarzes Glas, sagte sie und hielt ihn gegen die Sonne. Was hat er dafür verlangt?

Mir fiel ein, daß ich gar nicht daran gedacht hatte, ihm etwas dafür zu geben.

Die Tatarin lachte über meine Verwirrung.

Man weiß nie, sagte sie. Bei Narren weiß man es nie. Das Schreibrohr ist von ihnen aufgehoben.

Ich verstand nicht.

Die Engel des Gerichts schreiben die Schandtaten der Narren nicht mit und so zeigen sie Gott die Zähne und kommen trotzdem ins Paradies.

Die Tatarin gab mir den Splitter zurück. Und bevor ich weiter fragen konnte, erzählte sie mir die Geschichte vom Teslim Taş. Man hatte nämlich *ihn,* Haci Bektaş Veli, den Begründer des Derwischordens der Bektaschi, vergiften wollen, doch *er* hatte es rechtzeitig bemerkt und das zu sich Genommene wieder ausgespien. Dies war nun sofort zu einem geäderten schwarzen Stein geronnen, aus dem die Bektaschi seither die zwölfeckigen Steine schnitten, eben die Teslim Taş, die sie um den Hals hängen hatten. Aber nicht nur der Teslim Taş, auch der Becher, der während der Initiationszeremonie mit Wein gefüllt wird, war, in einem, aus diesem Stein geschnitten.

Die Tatarin schob mir ihren Kaffee zu. Sie hatte plötzlich keine Lust darauf, bestellte aber gleich darauf einen mit Milch zubereiteten, auf den sie aber, wie der Kellner sagte, längere Zeit würde warten müssen, worauf sie ihn wieder abbestellte und sich dafür eine Limonade kommen ließ.

Wir sprachen von ihrem Sohn und der alten Frau, die auf ihn achtgab, und dann sagte mir die Tatarin, daß sie wieder schwanger wäre. Sie hätte bereits daran gedacht, sich das Kind nehmen zu lassen, sich aber dann doch nicht dazu entschließen können. Sie hätte es einfach nicht übers Herz gebracht und außerdem sollte ihr Sohn doch nicht ganz alleine aufwachsen. Andererseits täte es ihr leid, denn sie könnte nun nicht, wie vorhergesehen, schon im nächsten Semester wieder an die Universität zurück und man würde ihre Lektoratsstelle nun endgültig an jemand anderen vergeben.

Ich fragte sie, wie es ihr während der ersten Schwangerschaft gegangen war.

Nicht sehr gut, aber es wäre zum Aushalten gewesen. Im übrigen würde diesmal alles leichter sein, ihr Körper wüßte nun schon, was mit ihm geschah.

Ich gab zu, daß ich es ihr keineswegs angesehen hatte, aber sie meinte nur, ich hätte einfach noch nicht den richtigen Blick dafür. Eine ihrer Freundinnen hätte es ihr schon vor Wochen auf den Kopf zugesagt und das noch zu einer Zeit, wo sie sich nicht auf mit Milch zubereiteten Kaffee kapriziert hatte.

Ich kam mir beschämt vor und unwissend. Aksu würde mir gewiß sagen können, worauf ich zu achten hatte, wenn ich es jemandem ansehen wollte, ob er schwanger war oder nicht.

Die Nächte waren so warm, daß wir lange im Hof draußen sitzen blieben. Und wenn wir doch schlafen gingen, war es, weil wir vor Müdigkeit verstummt waren oder weil wir uns einbildeten, daß es nun wirklich abgekühlt hatte.

Wir saßen da und redeten und tranken viele Tassen von dem starken Tee, der uns am Einschlafen hinderte. Manchmal spielten wir auch Karten, eine Art einfaches Rummy, doch wenn wir einmal damit begonnen hatten, konnten wir nicht mehr aufhören.

Es geschah immer wieder, daß Turgut unter dem Tisch sein Bein gegen das meine stemmte und wenn ich meines zurückzog, erstaunt aufschaute, sich entschuldigte und seine Beine demonstrativ übereinanderschlug, um gleich darauf unter einem anderen Vorwand meine Hand zu nehmen oder meinen Arm zu berühren und dabei so zu tun, als sei er sich dessen gar nicht bewußt. Es ärgerte mich, daß er dieses Spiel fast immer für sich entscheiden konnte, aber der Ärger hielt nicht vor und es blieb eine Spannung, die von Tag zu Tag zunahm. Wenn ich dem Druck von Turguts Beinen standhielt, ihn erwiderte, war er es, der zurückzog und seine Verlegenheit mit Lachen und Gestikulieren zu überspielen versuchte. Wenn Sevim für einen Augenblick ins Haus ging und Turgut und ich allein im Hof waren, fing er atemlos zu erzählen an, so als hätte er nur darauf gewartet, einen Ansatzpunkt für ein Gespräch zu finden. Je weniger ich mich dafür interessierte, desto eindringlicher redete er auf mich ein, bis Sevim zurückkam und das begonnene Gespräch zwischen uns dreien versickerte oder von neuem durch Kartenspielen ersetzt wurde.

Ich weiß nicht, ob Sevim etwas wußte, aber auch sie konnte sich dieser immer häufiger aufkommenden Spannung nicht entziehen, genauso wenig wie der Aufgeräumtheit, in die wir uns nach und nach hineinsteigerten, indem wir uns gegenseitig mit bestimmten Wörtern und seltsam anzüglichen Redensarten reizten, die wir früher in Gegenwart von Turgut nie verwendet hätten. Wenn die Rede auf meine Arbeit kam, sagte ich: Hütet euch vor dem Blick nach den unbärtigen Jünglingen, sie haben eine Farbe wie die Farbe Allahs! und Sevim erwiderte: Drei Dinge verleihen dem Auge Glanz, der Blick ins Grüne, der Blick nach dem Wasser und der Blick nach dem schönen Gesicht! Und wenn wir dann lachten, sagte Turgut, wir sollten von Gott nicht wie von Su'da und Lubna reden, um die Erregung der Zuhörer zu steigern, sie würden auch ohne das ihre Kleider zerreißen.

So gingen die Abende hin und ich fragte mich, warum ich es nicht fertig brachte aufzustehen und ins Haus zu gehen, etwas zu lesen oder mich hinzulegen, um einmal wieder lang und tief zu schlafen. Dabei war es eher so, als würde ich die anderen dazu animieren, daß sie länger aufblieben, indem ich mir noch eine Zigarette anzündete, wenn ich merkte, daß Sevim aufstehen wollte oder viel zu bereitwillig auf jeden Vorwand einging, den Turgut mir zuspielte.

Aber auch an den Abenden, die ich mit Aksu verbrachte und für Sevim und Turgut im Konsulat eingeladen war, gingen sie nicht mehr wie früher zu Bett, sondern warteten in der Küche auf mich, um wenigstens noch ein Glas Tee mit mir zu trinken. Ich erzählte ihnen dann eine Reihe von erfundenen Geschichten, in denen ich meine Landsleute so schilderte, wie Sevim und Turgut sie sehen würden, wenn sie etwas Komisches über sie erzählen wollten. Ich hatte schon lange das Gefühl, daß sie mir das Konsulat nicht glaubten, trotzdem funktionierte das mit den Anekdoten sehr gut.

Am nächsten Morgen beim Frühstück, wenn wir unausgeschlafen und übernächtig in der Morgensonne saßen, nahmen wir uns vor, an diesem Abend erst gar nicht in den Hof hinauszugehen, aber wenn wir dann abends wieder in der Küche saßen und einer von uns damit anfing, wie heiß es herinnen noch wäre, nahmen wir die Teekanne und die Teegläser und alles war wieder so wie am vorhergehenden Abend.

Ich war sicher, daß ich Süheylas Foto endgültig verloren hatte, ich konnte es weder in meiner Tasche, noch zu Hause irgendwo finden. Nicht daß es mich besonders beunruhigt hätte, es irritierte mich nur, und ich beschloß, sie endlich zu besuchen, bevor die Erinnerung an das Bild sich so sehr veränderte, daß ich sie nicht mehr erkennen würde. Ich nahm also einen der Autobusse nach Şişli, doch begann bei der ersten großen Anhöhe in Maçka der Motor so zu rauchen, daß ich ausstieg und zu Fuß weiterging.

Dieser Stadtteil gehörte nicht mehr so recht zur Stadt, zumindest nicht zu der, in der ich Tag für Tag umherging. Anstelle der Straßenverkäufer und Märkte gab es Läden, die den Läden aller anderen Großstädte glichen, und die Häuser waren in Apartments unterteilt, die eigene Namen hatten. Vor den Häusern saßen auf blauen Holzstühlen die Türhüter, wippten mit ihren Schuhen, an denen sie das Fersenleder flachgetreten hatten, und musterten jeden genau, der ihnen näherkam, als üblicherweise ein Passant.

Je großzügiger die Häuser gebaut waren, desto beliebiger wirkten sie, und ich ertappte mich bei dem Wunsch, wenigstens eine Zeitlang hier zu wohnen, um, wie ich mir einredete, klarer zu sehen, mit der Stadt ins reine zu kommen. Hierher würde ich auch nach Einbruch der Dunkelheit allein zurückkommen können. Ich würde ein Zimmer für mich haben und nicht mehr darauf achten müssen, mich so leise wie möglich im Bett herumzudrehen, damit ich Sevim nicht weckte.

Der Weg bis zu Süheylas Apartment war länger als ich geglaubt hatte. Ich war müde und staubig und setzte mich in eine Cafeteria, die erste, die ich in der Stadt gesehen hatte, bestellte Kaffee und ging dann hinaus auf die Toilette. Eine Frau goß mir Zitronenwasser über die Hände, gab mir ein frisches Handtuch, ja sogar einen zweiten Spiegel. Und mich überkam eine unbegreifliche Sehnsucht nach einer bestimmten Art von Komfort, von der ich nie gedacht hatte, daß sie mir abgehen würde.

Ich trank meinen Espresso und überlegte, was ich tun würde, wenn Süheyla mich aufforderte, bei ihr zu wohnen. Mahmut hatte mir einmal geschrieben, ich könnte jederzeit bei seiner Schwester wohnen, wann immer ich in der Stadt war. Und ich begann mich in der Möglichkeit einzurichten, sosehr, daß ich schon nach den Worten suchte, mit denen ich Sevim alles erklären wollte.

Ich mußte ihr sagen, daß es für sie nur von Vorteil wäre, daß ich ihre Gastfreundschaft lang genug in Anspruch genommen hatte. Je mehr ich mich mit dem Gedanken vertraut machte, desto deutlicher erschien er mir als die einzig vernünftige Lösung. Das hieß nicht, daß wir uns nicht mehr sehen sollten. Gleichzeitig war mir klar, daß all die Erklärungen, die ich mir zurechtlegte, nichts nützen würden, wenn es darum ging, mich von Sevim und Turgut zu trennen, daß es einzig auf Süheyla ankam und darauf, daß sie mir zureden, mich darin bestärken würde.

Beschäftigt mit all dem, was dafür und dagegen sprach, schob ich das letzte Stück des Weges immer weiter auf, bestellte mir noch was zu trinken, blieb auch noch sitzen, nachdem ich bereits bezahlt hatte, und als ich schließlich ging, mußte ich noch einmal zurück, da ich meine Tasche vergessen hatte.

Ich stand vor Süheylas Tür und vor Aufregung klingelte ich heftiger als ich wollte, wandte dann aber den Blick von der Tür, um meine Ungeduld nicht zu deutlich zu machen. Eine Zeitlang war nichts, dann kamen Schritte und ich hörte, wie sich der Schlüssel im Schloß drehte. Die Tür öffnete sich nur einen Spaltbreit. Eine Kette war eingehängt und ich sah das Gesicht einer alten Frau.

Ich fragte nach Süheyla.

Die Familie ist nach Konya gefahren, sagte die Alte. Sie sind alle nach Konya gefahren, schon vor drei Tagen.

Ich fragte, wann sie wiederkommen würden.

Sie wären alle in Konya und man könnte nie wissen, wie lange sie dort blieben. Manchmal kämen sie schon nach einer Woche zurück, dann aber blieben sie wieder einen ganzen Monat aus.

Ein andermal, sagte die Frau, kommen Sie ein andermal. Und bevor ich noch etwas fragen konnte, hatte sie die Tür wiederum zugesperrt, nur ihre Schritte waren noch eine Weile zu hören, so als ginge sie durch einen langen Gang. Ich wollte noch einmal läuten und die alte Frau bitten, Süheyla zumindest Grüße von mir zu bestellen, aber dann tat ich es doch nicht.

Ich ging langsam die Treppe hinunter und zurück auf die Straße. Der Türhüter, den ich zuvor nicht gesehen hatte, der aber zu wissen schien, wo ich gewesen war, rief mir nach, ich sollte in zwei bis drei Wochen wiederkommen. Ich ging bis zur Hauptverkehrsstraße, die in fast gerader Linie bis hinunter zum Taksim-Platz führte, zu Fuß, dann stieg ich in ein Dolmusch. Ich fühlte mich nicht besonders und wollte so rasch wie möglich mit jemandem zusammensein, den ich kannte.

Der Verkehr war ziemlich dicht und das Dolmusch konnte sich streckenweise nur im Schrittempo vorwärtsbewegen. Vor der nächsten Kreuzung kam es zu einer Stauung und die Frau, die neben mir saß, fächelte sich mit ihrem Taschentuch Kühlung zu. Da riß ein Mann die Tür auf, ließ sich auf den freien Platz neben mir fallen und rief dem Chauffeur zu, daß er fahren sollte. Wir waren noch immer in der Kolonne eingezwängt. Der Mann hielt sich die Hand vor und ich merkte, daß er aus der Schulter blutete. Da kamen auch schon, zwischen den zum Teil noch stehenden, zum Teil schon wieder anfahrenden Autos seine Verfolger gerannt. Als sie ihn entdeckt hatten, rissen sie die Tür auf und versuchten, den Mann aus dem Wagen zu zerren. Laßt mich! schrie der Mann und hielt sich am Sitz des Chauffeurs fest, der erst jetzt bemerkte, was los war. Er wartete, bis sie den Mann aus dem Wagen gezerrt hatten, und zog gleich dahinter die Tür zu. Er konnte jetzt wieder fahren. Ich drehte mich um, sah aber niemanden mehr, weder den Mann, noch seine Verfolger, nur die Autos, die dicht an uns anschlossen. Niemand machte eine Bemerkung darüber, nur die Frau, die neben mir saß, fing an mit dem Kopf zu wackeln und sagte mit weinerlicher Stimme, Allah-Allah-Allaaaaahhhh...

Auf dem Taksim-Platz stieg ich aus und während ich bezahlte, hörte ich, wie sich der Chauffeur bei den anderen über die Blutflekken auf dem Sitz beklagte. Ich sah wieder das Gesicht des Mannes vor mir, als er begriffen hatte, daß es keine Möglichkeit zur Flucht mehr gab. Und die Hilflosigkeit und die Ohnmacht gegenüber allem, was dieses Gesicht betraf, trieb einen solchen Zorn in mir hoch, daß ich mit einemmal etwas von dem Haß zu verspüren glaubte, den ich bis dahin nur gesehen, aber nie so recht verstanden hatte.

Während ich noch auf dem Taksim-Platz stand und auf ein anderes Dolmusch wartete, das in Richtung Aksaray fuhr, begegnete mir Ayten. Sie hatte beide Hände voller Pakete und Einkaufstaschen und ich umarmte sie mit solcher Heftigkeit, daß sie mich erschrocken ansah. Sie brachte mich dazu, mit ihr zu kommen. Wir stiegen mit den vielen Paketen in ein Taxi. Als wir dann nebeneinander auf dem Rücksitz saßen, fing ich zu weinen an. Ayten legte ihren Arm um meine Schulter und redete auf mich ein, aber ich konnte einfach nicht aufhören und mein Zorn und meine Tränen waren ein einziges Bekenntnis der Unfähigkeit etwas zu tun. Nach einer Weile drehte sich sogar der Chauffeur um und fragte, was los sei, und ich erinnere mich genau an das, was er sagte, nämlich: *hat es einen Toten gegeben?*

In Aytens Wohnung legte ich mich auf den Divan. Ich hatte starke Kopfschmerzen und Ayten ließ die Rollos herunter. Sie ging in die Küche und kochte Kaffee ohne Zucker, gab den Saft einer Zitrone dazu und sagte, das würde helfen. Es half auch, aber erst später.

Noch im Taxi war ich bereit gewesen, Ayten auch von Süheyla zu erzählen, aber als sie dann neben mir saß und mich mit ihren langen roten Nägeln in der Armbeuge kraulte und ich mich gleich darauf an derselben Stelle kratzen mußte, wußte ich schon nicht mehr, wie ich davon anfangen sollte.

Was war denn? fragte Ayten, als ich mich zurücklehnte. Und als ich nichts darauf sagte, meinte sie, ich würde eben das Klima nicht vertragen, es wäre auch kein Wunder, da ich die ganze Zeit herumginge, anstatt mich in kühlen Räumen aufzuhalten. Da erzählte ich ihr von dem Mann und seinen Verfolgern und daß der Chauffeur des Dolmuschs so getan hatte, als ginge ihn das alles nichts an, daß er sich sogar noch über die Blutflecken aufgehalten hatte.

Ayten sah mich beinah belustigt an. Es hätte sich dabei gewiß um Leute gehandelt, die aus Anatolien zugewandert waren und die nicht nur ihre Familien, sondern auch ihre Feindschaften mitgebracht hatten. Man dürfte sich da keinesfalls einmischen, das würden die Betreffenden aber auch die Betroffenen am wenigsten wollen und man hätte beide gegen sich. Der Dolmusch-Chauffeur hätte völlig richtig gehandelt, auch wenn ich das, obwohl ich nun schon lange genug in der Stadt lebte, nicht verstehen könnte. Wenn ich täglich in den Zeitungen die Fälle von Blutrache nachlesen würde, hätte ich bald eine andere Sicht von den Dingen. Das wäre etwas, das viel Zeit brauchte, sehr viel Zeit, und es wäre ungewiß, was letzten Endes noch daraus werden würde. Und dann wollte Ayten plötzlich wissen, wie es uns denn so ginge, zu dritt, und ob es mir nicht manchmal unangenehm wäre, mit Turgut unter einem Dach zu leben. Ob es nicht zu peinlichen Situationen käme, vor allem bei der Benützung des Bads oder nachts, wenn wir Wand an Wand schliefen, die Wände wären ziemlich dünn in Sevims Haus.

Ich wußte noch nicht, worauf sie hinauswollte, sie kannte uns ja und wußte, wie wir lebten, und mit einemmal hatte ich das Bedürfnis, lang und ausführlich über Turgut zu reden, ihn zu beschreiben, so wie ich ihn sah, mit allen Details und Nebensächlichkeiten, die ihn ausmachten. Über seine Art zu essen, mehrmals hintereinander zu niesen oder beim Rummy eine Karte auf den Tisch zu legen, von der er wußte, daß er mit ihr gewinnen würde.

Es macht uns keine Schwierigkeiten, sagte ich, wir haben uns aneinander gewöhnt. Wir sind wie eine Familie.

Sie kümmert sich zuviel um ihn, sagte Ayten und ihr Gesicht verzog sich dabei auf eine seltsame Weise, so als versuchte sie dem, was sie sagte, größtmögliche Objektivität zu verleihen. So lange Turgut noch im Studentenheim gewohnt hat, war es nicht so auffällig, aber jetzt, wo sie morgens zusammen aus dem Haus kommen...

Sevim und Turgut? Ich lachte laut heraus, aber gleichzeitig fiel eine Reihe von eindeutigen Bildern über mich her.

Sie ist Lehrerin, sagte Ayten. In der Schule redet man bereits darüber.

Worüber?

Sevim ist nicht verheiratet und Turgut kein Verwandter ersten Grades. Sevims Eltern sind in Bursa...

Und ich?

Ayten sah mich erstaunt an. Auf dich fällt nicht der Schatten eines Verdachtes. Du bist Ausländerin.

Du nimmst das doch nicht ernst? Ich versuchte so unbeschwert wie möglich zu lachen.

Es könnte ihr schaden, sagte Ayten und ihr Gesicht verzog sich immer mehr.

Warum sagst du ihr das nicht?

Sie hat sich verändert. Seit er da ist, hat sie sich verändert. Und nun war es an mir, Ayten zu trösten.

Und wenn ich etwas sage, wirft sie mir Eifersucht vor. Ayten schluchzte lautlos vor sich hin und ich küßte sie auf beide Wangen. Dann sagte ich ihr, daß Sevim sie liebe wie eh und je, daß es ihre Schuld wäre, wenn sie das nicht sähe. Sevim würde mindestens einmal am Tag von ihr sprechen, wenn nicht öfter, und sie hätte keinen Grund, sich vernachlässigt vorzukommen. Und was Turgut anginge, könnte ich sie beruhigen. Sevim und er wären wie Bruder und Schwester. Auch wäre es viel naheliegender, daß Turgut und ich etwas miteinander hätten. Auf diesen Gedanken wäre sie wohl noch nicht gekommen.

Das würde Sevim nie zulassen, sagte Ayten, nicht in ihrem Haus. Und wir mußten beide lachen oder zumindest taten wir so, als könnten wir damit nicht hintanhalten.

Später legten wir dann Platten auf und tranken eine Flasche Roséwein. Ayten kam mit einem Fotoalbum, in dem Bilder von ihrer Familie aber auch von ihr selbst waren, als sie noch klein war, zur Schule ging, zur Universität, und dazwischen gab es immer wieder Bilder von Sevim. Diese Veränderung durch die Jahre, und doch war Ayten Ayten und Sevim Sevim.

Von ihnen ist das Schreibrohr aufgehoben. Die Schreiberengel schreiben ihre Worte und Taten nicht auf, denn die Narren stehen nicht unter dem Gesetz, für sie gilt die Verpflichtung zum Halten der Gesetzesvorschriften nicht. Manche von ihnen gehen frei herum, andere hängen an Ketten in den für sie bestimmten Häusern.

Sei du wahnsinnig und laß den Verstand fahren, sagte Leila zu Macnun, dann tut dir keiner was, wenn du in mein Dorf kommst.

Es gab also Ausnahmen, Freigelassene, die sagen durften, was sie wollten. Wenn der Faden der Rede sich zur Dreistigkeit hinspinnt, der Redende aber ein Irrer ist, weise ihn nicht zurecht. Die Vermittlung für ihn ist aufgehoben, darum ist seine Rede direkt.

Die Annahme liegt nahe, daß diese Gestalten literarische Fiktionen sind, da aber bis in die jüngste Zeit von Bektaschi-Derwischen ähnliche Geschichten erzählt werden, kommt der genannte Orientalist zu dem Schluß, daß es sie wirklich gegeben hat.

Die Narren kennen Gott aus ihrer eigenen trüben Erfahrung zu gut. Lokman Sarrachsi reitet auf einem Steckenpferd in den Kampf. Beschämt und blutbesudelt kommt er in die Stadt zurück und antwortet auf die Frage nach dem Sieg: Seht mein blutiges Gewand! Er hat es nicht selbst gewagt, mir etwas anzutun, darum hat er einen Türken zu Hilfe gerufen, da konnte ich nichts machen.

Abdal ist ein Wort für dumm, einfältig. Im zwölften und dreizehnten Jahrhundert gab es eine Sekte, die sich Rum Abdallar, die Einfältigen von Anatolien, nannte. Ihre Anhänger waren daran zu erkennen, daß sie ihr Haar, ihre Brauen und ihren Bart mit dem Rasiermesser schoren und mit Trommel und Pauke durchs Land zogen.

Einer der ersten großen Bektaschi-Dichter, Kaygusuz Abdal, hatte die Sorglosigkeit und die Einfalt in seinem Namen. Er rauchte Opium und davon kam etwas in seine Gedichte, so daß seit damals das Opium Kaygusuz hieß. Kaygusuz Abdal forderte Gott heraus: *Wenn du ein Held bist, geh selbst über die Brücke aus Haar, von der die Sünder fallen.* Manche seiner Gedichte klingen so ungereimt, wie die Tekerlemes der alten Schamanen, die sich nur als Märcheneingänge erhalten haben. Etwa so: In uralter Zeit, als das Sieb noch im Stroh lag, das Kamel Ausrufer, der Esel Barbier war und ich die Wiege meines Vaters schaukelte, da hatte eine Frau drei Töchter und diese waren sehr arm.

Die Berufung von Kaygusuz, dem Sohn eines Beys, soll auf der Jagd stattgefunden haben. Er traf einen Hirschen mit dem Pfeil unter der Achsel. Der Hirsch rannte davon und Kaygusuz, dessen Name damals noch Gaybi war, hinterher, bis nach Elmali in die Tekke von Abdal Musa. Dort verlangte er den Hirschen. Abdal Musa zog einen Pfeil aus seiner Achsel und fragte Gaybi, ob es der seine sei. Da fiel dieser vor ihm nieder und diente ihm die üblichen vierzig Jahre. Dann wurde er als Scheich nach Ägypten geschickt, wo er eine Tekke gründete, den Orden verbreitete und schließlich starb.

Ich hatte versucht, Gedichte von Kaygusuz zu übersetzen, besonders das eine, in dem die Schildkröten Flügel bekommen und die Eidechsen sich sammeln, um nach der Krim zu gehen, ein Siebensilber. Doch sowie ich anfing, platzte der Text aus den Zeilen und die Geschichte wurde plump. Sevim und Turgut konnten nicht verstehen, warum ein so einfaches Gedicht solche Schwierigkeiten machte. Sevim glaubte, mir behilflich sein zu können, indem sie mir, soweit sie sie wußte, die deutschen Wörter sagte. Ei-dech-se, wiederholte sie mehrmals hintereinander. Es wird doch ein Wort mit vier Silben oder zwei Wörter zu je zwei Silben geben, die dazu passen. Turgut erfand Wörter, die seinem Gefühl nach deutsch klangen.

Ich hatte schon daran gedacht, meine Arbeit ganz auf diesen Kaygusuz zu konzentrieren, aber irgendwie zerfielen mir seine Gedichte unter den Händen.

Meine Arbeitsweise fing neuerdings an, Sevim nervös zu machen. Jetzt, wo ich damit begonnen hatte, wirklich zu arbeiten, wie ich mir einbildete, stand ich alle halben Stunden auf, ging ins Haus und suchte irgendein Buch aus einer Kommodenlade oder aus der Schachtel unter dem Bett hervor und ging damit wieder in den Hof hinaus. Oft hatte ich das betreffende Buch, außer beim Kauf, noch nicht in der Hand gehabt, und bis ich mich darin zurechtfand, verging viel Zeit. Sevim hatte sich erbötig gemacht, mir die Stellen, die ich brauchte, zu suchen, aber sie fand sich noch weniger zurecht als ich und so starrte sie, wenn sie nicht selbst las, die ganze Zeit über auf die wenigen Zeilen, die ich auf einen frischen Bogen Papier geschrieben hatte. Manchmal schrieb ich auch noch ihr zuliebe ein paar Zeilen in unleserlicher Schrift dazu, bevor ich schlafen ging, um sie zu beruhigen. Vorbereitung ist alles, sagte ich, wann immer sie mich zur Rede zu stellen versuchte.

Ich war, von der Universität kommend, über den Bayezit-Platz gegangen und wollte durch den Hof der Moschee in den dahinter gelegenen Teegarten, wo ich Turgut zu treffen hoffte.

Vor den Stufen, die zur Moschee emporführten, hatte ein Schlangenbeschwörer seine Körbe aufgestellt und ein paar Schaulustige bildeten einen Halbkreis um ihn. Ich hatte noch nie einen Schlangenbeschwörer in der Stadt gesehen und die meisten Leute, die über den Platz gingen, schienen sich nicht um ihn zu kümmern. Selbst die Kinder verkauften weiter ihr Taubenfutter und ihre Sesamkringel, nur der Wasserverkäufer, der vielleicht mit dem Schlangenbeschwörer zusammenarbeitete, versuchte die Aufmerksamkeit auf sich und dadurch auch auf ihn zu lenken, indem er laut vor sich hinredete und dabei behauptete, daß er es mit dieser Art von Schlangen auch könnte.

Ich erinnerte mich an einen Zyklus von Miniaturen, auf denen Schlangenbeschwörer abgebildet waren, die während der Feierlichkeiten zur Beschneidung eines oder mehrerer osmanischer Prinzen, zur Belustigung des Volkes im Hippodrom ihre Kunststücke zeigten. Hier, vor der Bayezit-Moschee, wirkte der Mann in seinem langen Gewand und dem Turban auf dem Kopf, unter all den europäisch gekleideten Leuten so ungewöhnlich, als wäre er wirklich zu Fuß aus Indien gekommen.

Zwischen der Hagia Sophia und dem Topkapı Saray war ich einmal einem Bärenführer – offensichtlich ein Zigeuner – nachgegangen, bis ich ihn in einer der vielen, in ein Gewirr von Häusern versikkernden Gassen aus den Augen verloren hatte. Ich glaubte noch lange den Ton des Tamburins zu hören, ohne sagen zu können, in welche Richtung er sich entfernte.

Ich hätte zu nahe an dem Schlangenbeschwörer vorbeigehen müssen, wenn ich die Abkürzung durch den Hof der Moschee genommen hätte, was ich zu vermeiden suchte, aus Angst vor den ziemlich frei sich bewegenden Schlangen, die sich auf dem von der prallen Sonne durchglühten Pflaster räkelten, anstatt sich – wie ich erwartet hatte – gehorsam aufzurichten, wie die Musik es von ihnen verlangte.

Ich machte einen Bogen um die Moschee, kam also schon von weitem auf den Teegarten zu und konnte, ohne den Eindruck zu erwecken, ich suchte jemanden, rechtzeitig sehen, daß Turgut nicht da war. Ich ging, als hätte ich es von jeher so vorgehabt, zu den Antiquaren, das heißt zu dem einen, bei dem ich mich hatte vormerken lassen.

Eines der Bücher, nach denen ich gesucht hatte, war inzwischen da. Eine neuere, obskur wirkende Publikation auf schlechtem Papier, mit seltsamen Bildern, grobrastrigen Reproduktionen unscharfer Fotos, die in ihrer Art an die Aufnahmen von Materialisationen erinnerten und ebenso vielfältig interpretierbar schienen.

Mit dem Buch unterm Arm ging ich zum Teegarten zurück und setzte mich doch, obwohl Turgut noch immer nicht zu sehen war, an einen der freien Tische unter der Platane. Ich war bereits geneigt, es als kühl zu empfinden, wenn die Sonne mir nicht ins Gesicht schien.

Turgut war diese Nacht nicht zu Hause gewesen und ich hatte ihn seit gestern morgen nicht mehr gesehen. Mir war selbst nicht klar, warum ich ihn unbedingt treffen wollte, und die Enttäuschung darüber, daß er nicht da war, überraschte mich. Auch hätte das Spiel ganz anders laufen sollen, nämlich so, daß er bereits da saß, wenn ich kam. Ich hätte ihn so gleichgültig wie möglich angesehen und es von seinem Gesichtsausdruck abhängig gemacht, ob ich mich zu ihm setzte oder so tat, als hätte ich ihn gar nicht bemerkt. Jetzt war es umgekehrt und er hatte das Spiel zu spielen, wenn er noch kam, und ich hatte keine Ahnung, wie es ausgehen würde.

Turgut kam, als ich schon nicht mehr damit rechnete. Er setzte sich wortlos neben mich und begann mit den Knien zu wippen, während er vor sich hinstarrte. Er hatte eine Verletzung unterhalb der linken Schläfe, eine blaurot unterlaufene Schwellung, die seinem Gesicht einen fremden Ausdruck verlieh. Statt einer Antwort auf meine Frage, wo er die Verletzung her habe, zeigte er mir seinen linken Oberarm, der notdürftig verbunden war, winkte aber gleichzeitig ab und meinte, es wäre nicht der Rede wert und das in jenem aggressiven Ton, der mir jede Art von möglicher Einsicht absprach, der mich aber auch dazu provozieren sollte, es genau wissen zu wollen. Ich ging nicht darauf ein, blätterte in meinem Buch und wartete auf die obligate Frage, die jedoch nicht kam. Und da sie wider alle Erwartungen nicht kam, sah ich Turgut so lange an, bis er merkte, daß er vergessen hatte mich zu fragen, wo ich gewesen war, und er fing zu lachen an, so daß ich mitlachen mußte, und während wir noch immer lachten, nahm er plötzlich meine Hand, hielt sie sich vors Gesicht und spielte mit dem Ring, den ich mir der seltsamen Schriftzeichen wegen vor kurzem im Bazar gekauft hatte, nahm ihn mir vom Finger, versuchte, ihn sich selbst anzustecken, was aber nicht ging, und das alles mit einer solchen Lockerheit, daß ich mißtrauisch wurde. Als ich den Ring wiederhaben wollte, hatte er ihn bereits in seine Hosentasche gesteckt. Später, sagte er, kannst du ihn wiederhaben, wenn du entsprechend nett bist. Und ich hatte das Gefühl, daß er schon gar nicht mehr an den Ring dachte.

Warst du beim Arzt? fragte ich, als wir eine Zeitlang nichts miteinander geredet hatten.

Er wendete sich mir wieder zu, nachdem er jemanden, der einige Tische weiter saß, gegrüßt hatte.

Ob du beim Arzt warst?

Wieder winkte er ab und tat, als gefiele er sich in der Rolle des Schmerzunempfindlichen. Ich wollte ihm schon sagen, daß er zu Aksu gehen sollte, aber sein Blick war schon wieder anderswohin gerichtet, und ich vermutete, daß es ihm unangenehm wäre. Auch Aksu würde ihn fragen, wo er die Verletzungen her hatte.

Suchst du jemanden? Es machte mich nervös, daß er sich ständig umsah, als wollte er mit Blicken jemanden, der sich in der Nähe befand, den man aber nicht sehen konnte, dazu veranlassen, zu ihm zu kommen. Er grüßte noch einmal in dieselbe Richtung wie vorher, ohne daß ich jemanden sehen konnte, der seinen Gruß erwidert hätte.

Nein, sagte er, niemanden. Ich bin zufällig vorbeigekommen. Willst du noch etwas? Und er winkte dem Kellner.

Nein, sagte ich und blätterte wieder in meinem Buch.

Dann komm!

Wohin? Ich trank meinen Tee aus, Turgut stand bereits. Er hatte mit dem Geld auch meinen Ring auf den Tisch gelegt, doch als ich danach greifen wollte, steckte er ihn wieder ein.

Nach Hause, sagte Turgut. Wir gehen nach Hause, was hast du denn geglaubt. Und er zog mich, als hätte er es plötzlich ungemein eilig, fort, in Richtung auf die nächste Dolmusch-Haltestelle. Die Musik des Schlangenbeschwörers war wieder deutlich zu hören, als wir über den Bayezit-Platz kamen, aber es standen nun doch mehrere Leute um ihn herum, so daß man ihn selbst nicht mehr sehen konnte. Ich machte Turgut auf den Schlangenbeschwörer aufmerksam, aber er sah nicht einmal hin, sondern ging nur noch schneller, wobei er meinen Arm umklammert hielt, und ich folgte ihm, als gälte es, vor etwas davonzulaufen.

Turgut stieg zuerst ein, damit ich nicht neben dem anderen Fahrgast sitzen mußte, einem dicken Mann mit gespreizten Beinen, und legte den Arm um meine Schultern. Das Dolmusch verkehrte nur auf der Millet caddesi, und wir mußten das letzte Stück zu Fuß gehen. Turgut hielt noch immer meine Hand und ich versuchte auf den Steinen, die den Rand eines nicht vorhandenen Gehsteigs kennzeichnen sollten, zu balancieren, während Turgut eine Melodie pfiff, die mir stellenweise vertraut vorkam, die aber immer gerade dann umschlug, wenn ich dabei war, sie wiederzuerkennen, bis mir klar wurde, daß es eine Aneinanderreihung von Marseillaise, Internationale und anderen Revolutionsliedern war, und ich verdutzt stehen blieb und von den Steinen abrutschte, aber schon war es wieder etwas anderes, das er vor sich hin pfiff und dann ging mit einemmal alles in einen Gül-benk über, den Schrei der Janitscharen, bevor sie angriffen, mit demselben Bekenntnis der Einheit, wie es auch die Bektaschi bei ihren Riten verwendet hatten.

Sevim war noch nicht da. Turgut hatte keinen Schlüssel und so schloß ich mit meinem auf. Es war seltsam, nach Hause zu kommen, mit Turgut nach Hause zu kommen, ohne daß Sevim da war. Wir gingen beide zugleich ins Badezimmer, um uns die Hände zu waschen. Turgut hielt die Seife bereits in der Hand, als ich danach greifen wollte, und hob sie so hoch, daß ich sie nicht erreichen konnte. Ich gehorchte den Spielregeln und ging mit den Fäusten auf ihn los und als das nichts half, kitzelte ich ihn, worauf seine Arme niedergingen und ihm die Seife in hohem Bogen aus der Hand und auf den Boden glitschte. Ich wollte mich danach bücken, doch Turgut hielt mich fest und drückte mir die Arme an den Leib, daß ich mich nicht mehr rühren konnte. Ich versuchte mich zu befreien, vor Lachen hatten wir beide zu keuchen begonnen, aber Turguts Umarmung wurde immer strenger und mir fielen reihenweise Szenen ein, die ich in Filmen gesehen hatte, wo der Mann die Frau ebenso an den Armen hielt, um sie gleich darauf aufzuheben und irgendwohin zu tragen, wo er sie lieben konnte. Ich sah an Turguts Blick, daß ihm etwas Ähnliches eingefallen sein mußte, seine Muskeln entspannten sich und er hielt mich von sich weg. Was er dann tat, wirkte wie der ungeschickte Versuch, in das Spiel von vorhin zurückzufallen. Er gab mir einen Stoß, bückte sich nach der Seife und klopfte sich auf die Brust, daß es dröhnte. Als ich meine Hände unters Wasser hielt, ohne einen weiteren Versuch zu machen, die Seife an mich zu bringen, stellte er sich an wie ein beflissener Badediener, seifte mir die Hände ein und schrubbte sie, bis es weh tat.

Wo hast du die Verletzungen her? fragte ich, als wir in der Küche saßen und darauf warteten, daß das Teewasser kochte. Turgut stand auf und füllte Teeblätter in die kleinere Kanne.

Hast du dich mit jemandem geschlagen? Ich stand ebenfalls auf, stellte die Teegläser auf ihre Untersätze und füllte Zucker aus einem Sack in eine kleine Schüssel. Turgut antwortete nicht.

Du! Ich stieß ihn mit dem Ellbogen an, mußte ihn dabei aber gerade an der Stelle, an der sein Arm verletzt war, getroffen haben, denn er verzog das Gesicht, griff sich mit der anderen Hand auf die Stelle und sagte:

Ich bin geschlagen worden, peng, peng! Verstehst du?

Und? fragte ich.

Nichts. Gar nichts. Das Teewasser kochte und Turgut goß einen Teil davon in die kleinere Kanne, rührte um und goß den anderen Teil in die große Kanne, auf der er die kleinere befestigte. Ich stellte alles auf ein Tablett und trug es in den Hof hinaus. Wir setzten uns beide auf die Bank, die an der Hauswand stand und zu der wir den Tisch gezogen hatten. Erzähl es mir doch, sagte ich, aber Turgut klagte plötzlich über Kopfschmerzen, streckte sich aus und legte den Kopf in meinen Schoß und so blieb er, mit geschlossenen Augen und ohne ein Wort zu sprechen, bis Sevim kam.

Auch Sevim fragte nach den Verletzungen, erhielt aber ebenfalls keine Auskunft. Nur daß sie nicht aufgab. Nicht daß sie öfter gefragt hätte, aber ich merkte es an ihrer Art sich zu bewegen, während sie das Essen zurechtmachte, daß sie etwas vorhatte. Und als wir dann alle im Hof draußen saßen, verwendete sie auffallend oft das Wort Familie, bis ich verstand und mich, sobald wir gegessen hatten, unter einem Vorwand, dem niemand widersprach, zurückzog. Mein Bett war schon aufgeschlagen, so als hätte Sevim mir das Einschlafen besonders leicht machen wollen, und ich ließ mich darauffallen, versuchte dann noch mit aufgestützten Armen zu lesen, zu blättern, später nicht einmal mehr das, denn sobald ich lag, kam die Müdigkeit schwer und unwiderstehlich über mich.

Durchs offene Fenster hörte ich Sevim und Turgut noch eine Weile miteinander flüstern, aber ich konnte nichts davon verstehen, so als redeten sie in einer anderen Sprache, die nicht einmal Gefühlswerte verriet, keinen Anhaltspunkt dafür, wovon die Rede war. Es hörte sich an, als würden sie einander lange, von altersher vorgegebene Texte rezitieren, wobei das Heben und Senken der Stimme nicht mehr nach menschlichen, kommunikativen, sondern viel eher nach numinosen, exklusiven Regeln vor sich ging, jedenfalls kam es mir so vor, woran aber auch der Schlaf schuld sein mochte, in den hinein sich das Flüstern senkte, so als schliefe ich auf lauter Wörtern, deren Bedeutung mir erst im Traum einfallen würde.

Als ich aufwachte, glaubte ich, es wäre schon morgen, dann aber bildete ich mir ein, die Haustür gehen gehört zu haben. Bald darauf kam Sevim ins Zimmer. Ohne Licht zu machen, zog sie sich aus und legte sich ins Bett. Im Nebenzimmer blieb alles ruhig. Ich konnte es mir nicht anders vorstellen, als daß Turgut wieder weggegangen war, doch ich war zu müde, um Sevim danach zu fragen.

Ein Geschenk für die Menschheit des zwanzigsten Jahrhunderts: Das innere Gesicht des Bektaschitums, die Erklärung seiner Urgründe, seiner Verästelungen, seines Antlitzes und seiner inneren Beschaffenheit. Zwei Bände zusammengebunden, davon der erste in fünfter Auflage, verfaßt von einem ehemaligen Derwisch, der es als seine Pflicht ansieht, anzutreten gegen die Wand von Verleumdungen und Mißverständnissen unter den sunnitischen Brüdern. Der Vorhang der Geheimnisse wird zur Gänze zerrissen, die Gründe des Streits mit den Sunniten werden aufgeschlossen und dargetan.

Ich wußte nun, warum die Bektaşi keine Hasen essen. Diese ähneln nämlich einer Reihe von Tieren, im Kopf der Katze, in den Ohren dem Esel, in den Beinen dem Hund, in der Nase der Maus, im Schwanz dem Schwein, und es gibt Merkmale, in denen sein Weibchen der Frau gleicht, in der Menstruation zum Beispiel. Und keines von diesen Tieren wird gegessen.

Außerdem sind da Sonderbarkeiten in der Art dieses Tieres, sich zu paaren oder zu gebären. Auch findet sich an diesem Tier kein Gramm reinen Fleisches... Klumpen von geronnenem Blut, das ist alles. Gewisse Leute haben es nicht geglaubt und es ausprobiert, indem sie das Tier unter fließendes Wasser hielten und es mit einem Stein beschwerten. Nach einer geraumen Zeit, als sie wieder danach sahen, mußten sie feststellen, daß sich das ganze Fleisch aufgelöst hatte und außer dem Skelett nichts übrig geblieben war.

Die zur Zubereitung dieses Tieres nötigen Zutaten, Körbe voller Zwiebeln, Knoblauch, in der Größe von Kinderköpfen, und reines Fett, ohne die das unreine Zeug nicht genießbar ist, kosten in der Anschaffung eine Menge Geld. Mit all diesen Zutaten aber schmeckt auch ein alter Schuh recht gut. Wäre es da nicht gleich vernünftiger, ein Lamm oder einen Truthahn zu kaufen und ihn mit Appetit zu verzehren?

Es hat über die Bektaşis viel unnützes Gerede gegeben, zum Beispiel, daß sie den Hasen für die Katze Alis und deswegen für heilig hielten und daß das der Grund wäre, warum sie ihn nicht essen wollten. Aber das stimmt nicht. Sie essen keine Hasen, weil sie erkannt haben, daß es der Gesundheit schadet.

Mit einigem Aufwand ließ sich alles erklären. Einer der Gründe, warum sie den Hasen nicht essen, war, daß er einen Kopf wie die Katze hätte. Warum sie ihn andererseits auch nicht aßen, hing wieder mit der Katze zusammen, also eine doppelte Beweisführung.

Für dasselbe Buch hatte ein Herr Tahirzade Porträts von Ali, Hasan und Hüseyn, Haci Bektaş Veli, Balım Sultan und Kızıl Deli, dem Roten Narren, gemalt, in Medaillonform. Es konnte noch nicht lange her sein, denn sie waren in Lateinschrift signiert.

Die Familienzusammengehörigkeit von Hasan, Hüseyn und Ali war nicht in Zweifel zu ziehen, dasselbe Gesicht in verschiedener Größe vor einer schattenlosen Sonne, einmal rechts, einmal links, einmal geradeaus blickend. Ein schönes Gesicht mit vollem schwarzem Bart und dicken, beinah zusammengewachsenen Brauen. Die Unterlippe trat stark hervor, Hals und Haare waren unter Kaftan und Turban versteckt. Bei Hasan gab es noch das linke Ohr zu sehen, während Ali bis zu den Knien, auf denen er hockt, sichtbar wird, mit Zülfekar, seinem Schwert, in Händen, dessen gespaltene Zunge dem linken Bildrand zum Opfer gefallen ist. Die Gesichter sahen aus, als wären sie nach retuschierten Fotos gemacht, ihr Ausdruck war keineswegs starr.

Ganz anders, wenn auch vom selben Maler, Haci Bektaş Veli. So stelle ich mir einen iranischen Magier vor. Die kegelförmige, mit geometrischen Ornamenten versehene Mütze, mit der ebenfalls verzierten, nach oben gebogenen Krempe, auf einem Kopf, dessen Augenlinien viel zu stark gezogen waren. Ein weißer Vollbart, über den ein spitzer Schnurrbart hinausragte, und Falten auf der Stirn wichen stark vom Ebenmaße der Araber ab, sogar die Tränensäcke waren zu sehen.

Nicht nur der Blick, auch der Kopf war merklich nach links gerichtet, während die rechte Hand, deren Finger in spitzen, eisernen Hütchen steckten, auf der linken Brust ruhte, unter dem Teslim-Taş, der aber noch nicht seine endgültige zwölfeckige Form hatte. Auch das Bild selbst war nicht wie die anderen oval, sondern viereckig, besser gesagt rechteckig, da die vier Ecken gegenständig von Zierecken überdeckt waren, die es zu einem achteckigen Bild machten.

Balım Sultan hinwiederum, der Reformer, der den Zölibat, die Zahlenmystik und den Ohrring eingeführt hatte, ähnelte wieder sehr den Mitgliedern der Heiligen Familie, obgleich seine Augen wesentlich kritischer nach links blickten als etwa die von Ali, was durch eine Längsfalte zwischen den ebenfalls sehr eng stehenden Brauen noch verdeutlicht wurde. Seine Kopfbedeckung war weder der schlichte Turban, noch die spitze Mütze, sondern die aus zwölf Zwickeln bestehende Stoffkrone, die anstatt von einer Krempe von einem Turbantuch umwickelt war, dessen Enden im Luftzug schaukelten. Ein prächtiger Teslim-Taş an einer Halbedelsteinkette auf einem Kaftan aus schwarzem Tuch – und dennoch wirkte er ein wenig wie ein Geschäftsführer, der den Betrieb nach eigenen Vorstellungen umorganisiert hatte.

Kızıl Deli hingegen, der Rote Narr, ein Beispiel der Schlichtheit, mit freundlichem, großäugigem Blick im freundlichen, grobknochigen Gesicht, ohne Stein, ohne Schwert, auch kein Ohr war sichtbar. Er war der am wenigsten charakteristisch gemalte, aber der sympathischste, so wie irgendeiner, der einen anschaute und dabei lächelte.

Sie hatten etwas Provozierendes, diese Bilder. Ob es nur an der Malweise lag? So als wären die Betreffenden wirklich in ihnen, in viel stärkerem Maß als bei einer Fotografie. Süheyla war mir von ihrem Foto her nie so gegenwärtig gewesen. Es war beinahe so, als würde auf irgendeine Weise die Intimität – welche, frage ich mich – verletzt.

Und dann war da noch Muhammed als Jugendlicher in einer volkstümlichen arabischen Darstellung, genau wie die Jungfrau Maria als Zwölfjährige, den Kopf in einer Gloriole, umrahmt von kleinen Engelsköpfen mit Flügeln dran, gestützt auf eine Lanze mit Fahne, ein zierliches Kinderschwert vom Gürtel baumelnd. Da gab es nichts mehr von der Maske der Buchstaben, von der Tilgung der Schuld durch das Ornament, von der zaghaften Andeutung durch senkrechte und waagrechte Striche. Da waren Gesichter zu sehen, nackt und antastbar, die Verwunderung auslösten. Nur das Bild von

Kaygusuz Abdal hatte etwas von der alten Distanziertheit, die im Schematischen der Perspektivelosigkeit liegt, obwohl es abwich von den bekannten Stilen und mongolischen Einfluß aufwies. Die Hände mit dem Tesbih, übereinandergeschlagen, die beiden Füße nach links gerichtet in voller Seitenansicht, die Augen geschlossen, in Versenkung, dahinter ein Brunnen, das heißt eigentlich eine überbaute Quelle, auf deren Sims eher unauffällig ein Löwe saß; Ali, Allahs Löwe? Die Landschaft dahinter, Linien, die einen Berg andeuteten, strahlten eine ungeheure Ruhe aus.

Wir werden... sagte Aksu und schon befand ich mich inmitten des Traums von der Küste, an der wir entlang fahren würden, geschützt gegen die Sonne, vielleicht nur am frühen Morgen und am späten Nachmittag fahrend, und tagsüber würden wir im Schatten überkragender Felsen auf weißem, muschelzerriebenem Sand liegen oder gegen den Gischt anrennen, lachen, wenn die Flut die Beine unter dem Leib wegreißt. Uns anspülen lassen und den Schaum von uns abrinnen sehen, aber auch Tang und vereinzelte Teerpatzen, nur vereinzelte, wenn wir Glück hatten und nicht gerade ein Tanker seinen Dreck in Küstennähe abgelassen hatte.

Wir werden die Küste abfahren, bis Samsun oder bis Trabzon, je nachdem wie weit wir kommen, ohne uns zu eilen, vielleicht sogar bis Rize, zu den Teeplantagen, Stoffe gibt es dort, Baumwolle, du wirst sehen, eine bestimmte Eigenart des Gewebes, und ich sah die vielen gestickten, gewebten, aus grobem Leinen, erst nach mehrmaligem Kochen tragbaren Hemden, Blusen, wie die Frauen sie vor ihren Häusern auf Stühlen und Tischen feilboten, vielleicht Lasinnen, in ihren ganz anderen Kleidern, lachend hinter der vorgehaltenen Kopftuchspitze, die so nichts mehr vom Schleier an sich hat.

Und Brombeeren, die bis ans Meer wuchsen, eine Flora fast wie in den Alpen, je weiter man gegen Osten kam, Kiefern auf den Pässen und Holzhäuser, bevor es steil ab zum Meer ging. Ein Grün, das auch im Sommer vorhielt, und manchmal sogar Regen während der heißen Monate und Stürme des Nachts bis gegen Morgen, als würde das Licht erst, so es aufkommt, ihnen ein Ende bereiten.

Die Leuchttürme. Kleine Hotels etwas über oder etwas unter ihnen, mit blau gestrichenen Fenster- und Türrahmen und Terrassen, wo man Fisch essen konnte und einen Blick aufs Meer hatte, aber so, daß das Meer ziemlich tief unterhalb lag, einem nichts anhaben konnte, wenn es dunkel und fauchend immer wieder an Land ging. Haselnußsträucher und Tabak, ganze Kulturen, wir würden an Herden vorbeifahren und an weiß getünchten Häusern mit Ziegeldächern, die eins hinter dem anderen die Abhänge emporwuchsen, vom Meer nur durch die Straße getrennt und doch geschützt, wenn auch nur durch den Höhenunterschied.

Wir werden wegfahren... wegfahren aus der Stadt, ihrer Hitze, ihren Bedingungen, ans Schwarze Meer, an all die Orte, die ich aus Aksus Erzählungen kannte. Wir würden auch bleiben, wenn es dafürstand, wenn die Bucht den Anforderungen entsprach, die Wirtsleute keine Fragen stellten, das Teehaus des Ortes sich einladend zeigte oder das Café, am Ufer, wo die Frauen der Lehrer und der Offiziere mit dem Strickzeug in wind- und blickgeschützten Lauben saßen.

Wir würden wegfahren von Sevim und Turgut und morgens nebeneinander erwachen, ein wenig erstaunt, und Aksus Haar würde noch weißer werden von der Sonne und seine Haut noch dunkler und seine Fürsorge würde mich umgeben wie ein Mantel, den ich trug, wenn es kühler wurde. Wir würden Tag und Nacht beisammen sein, nicht so, daß ich aufstand und ging. Im Wasser liegen, mit dem Salz auf der Zunge und nur Himmel sehen durchs eigene Haar im Wind und Farbe bekommen, Farbe, die nachts dann schmerzt und ans kühle Leintuch von ihrer Hitze abgibt. Wir würden Arm in Arm – ob man das dort konnte? – Arm in Arm auf verzweigten Pfaden zum Meer hinunterklettern, uns hinter vorgehaltenen Badetüchern umziehen, den mitgebrachten Pfirsichen die Haut abziehen, uns beim Liegen berühren, wenn niemand in der Nähe war, nach Steinkäuzen Ausschau halten, die in den Felshöhlen schliefen, Kräuter zwischen den Fingern zerreiben. Und uns abends dann langsam eintrinken, den Sternen zuprostend, die so tief hingen, daß man danach greifen konnte.

Aksus Liebe würde vielleicht noch wachsen, zunehmen von Tag zu Tag, wie ein Gewächs an der Sonne, und ich fürchtete, ihr nicht standhalten zu können. Es würde meine letzte Chance sein, ihn einzuholen.

Sobald ich mich freimachen kann, sagte Aksu und mir war klar, daß ich den Traum noch eine Weile würde hüten können und formen nach meinem Dafürhalten, daß ich Wasser und Berge in jede beliebige Richtung verschieben konnte, mir Landschaften machend, in die wir gerade hineinpaßten, Sonnen und Monde, die nach meinem Wunsche auf- und untergingen.

Und ich muß zugeben, daß er mich lange beschäftigte, der Traum, daß ich mir Zeit für ihn nahm und ihn hegte, wie ein Tier mit langen Haaren, daß ich ihn fütterte mit Abbildungen, deren ich habhaft werden konnte, mit Daten, es hat so und so oft geregnet im letzten

Jahr, mit der Anzahl der Schiffe, die die Küste entlang fuhren, auf die man umsteigen konnte.

Das grünüberwucherte Bauwerk auf der vorgelagerten Insel hat noch kein Spaten berührt; es soll der berühmte von den Amazonen dem Mars geweihte Tempel sein... und ich wollte mindestens bis Giresun kommen, von wo angeblich Lukullus die ersten Kirschen nach Rom gebracht hat. Ich wollte meinen nackten Fuß auf das »grünüberwucherte Bauwerk« setzen, zusehen wie die Eidechsen, gleich Tropfen auf einer heißen Herdplatte, vom sonnenwarmen Gemäuer absprangen oder beinah in eine Schlange greifen, aber nur beinah, wie damals als ich in Ephesus war, nur daß sie hier, des kühleren Klimas wegen, nicht so giftig sein würde.

Wir würden Hand in Hand in immer anderen Autobussen sitzen, gewiß ließ es sich nicht immer so einrichten, daß wir nur am Morgen oder am späten Nachmittag fuhren, wenn wir weiter als bis Şile wollten. Es würde Stunden quälender Hitze geben, bis wir in Apathie verfielen und uns den Staub nicht mehr aus dem Gesicht wischten, darauf wartend, während der nächsten Fahrtunterbrechung wenigstens eine Flasche Wasser und ein Sesamkringel kaufen zu können. Wir würden versuchen, so weit wie möglich zu kommen, mit gierigen Augen Landschaft in uns aufnehmend, stundenlang, beruhigt über die Tatsache, daß der Film nicht riß, daß es so weiter ging, mit Grün und Braun und Blau, daß es Esel gab, Ziegen, Schafe und wieder Schafe, daß die Nüsse und die Beeren, der Tabak und das Obst weiter vor sich hin wuchsen, ohne daß wir immer daran dachten, daß sie das tun konnten, ohne daß wir daran dachten, daß sie auch nicht damit aufhörten, wenn wir gerade daran dachten, und wir würden es sehen, uns davon überzeugen können.

Aber wir blieben, gaben uns zufrieden mit dem Meer-Sand-Strand-Gefühl, mit den Ereignissen von Schwimmen, liegendem Betrachten, Essen in den zwei oder drei gleichen Restaurants, Gesprächen mit dem Wirt, der Frau des Wirts, den anderen Gästen, wenn es sich nicht vermeiden ließ, dem Kinoprogramm, den vier oder fünf möglichen Spazierwegen, den fünf oder sechs möglichen Schach-, Karten- oder Würfelspielen.

Und damals war es schön, Aksu zu sehen. Man konnte über alles so lange reden, bis es zu etwas Außergewöhnlichem wurde. Wir kitzelten uns mit Wörtern, Auslösern für etwas, das Ruhe, Landschaft, Liebe suggerierte und das bereits, wenn man davon sprach, einen Teil seiner Substanz frei werden ließ, frei zum Gebrauch, solange die Wirkung des Wortes anhielt. Wir erzählten einander davon, als hätten wir es schon hinter uns, als wären wir schon einmal überall dort gewesen, wo wir hinwollten, und meine Angst wurde größer, eines Tages aufzuwachen und mit Aksu allein zu sein. Wirklich dort zu sein, wo wir hinwollten, aber bereits die Verschiebung eines Küstenstreifens entgegen meiner Vorstellung würde mich maßlos enttäuschen.

Dennoch unternahm ich nichts, um aus dem Traum herauszukommen. Manchmal kam es mir so vor, als würde ich Aksu nun eher lieben können, als wäre ich nicht mehr so sehr mir selbst überlassen, wenn er mich liebte. Ich versuchte ihm mit Zärtlichkeiten entgegenzukommen, was ich früher nie getan hatte, in dem heftigen Wunsch, auch die letzte Spur von Widerwillen, der mich immer noch befiel, zu tilgen, mich ihm zu nähern, wenn ich ihm schon nichts Gleichwertiges entgegensetzen konnte. Und nur wenn ich in meine Kindheit zurückkroch, mich in die Rolle einer Halbwüchsigen versetzte und so die Verfremdung mehr und mehr auskostete, gelang mir eine Art von Zufriedenheit, eine Zuneigung, die um so stärker wurde, je schwieriger es war, sie mir abzutrotzen. Es geschah dann mitunter, daß ich Aksus Hand nahm und sie auf die Art, in der im Lande Kinder ihren Eltern Respekt erweisen, heftig zu küssen und an die Stirn zu drücken begann, eine Geste, zu der ich mich nicht imstande geglaubt hatte, die aber, sobald ich sie vollzog, so viele Gefühle in mir auslöste, daß mir die Tränen aufstiegen und ich versucht war, Aksus Hand zu beißen, worauf Aksu meinen Kopf nahm und ihn an seine Schulter drückte.

Ich weiß, sagte er dann, ich weiß. Ich war nicht sicher, ob er wirklich wußte, aber es klang so und ich wurde nicht müde, ihn auf diese Art herauszufordern, ihn von seiner Liebe abzulenken und auf mich aufmerksam zu machen. Ich haßte mein Unvermögen, es ihm auch nur annähernd gleichzutun, und manchmal war mir Aksu wieder so fremd wie damals, als ich ihn zum erstenmal gesehen hatte und er den Kopf eines Droschkengauls umarmt hielt.

Vielleicht hat der Traum deshalb eine so große Rolle gespielt, weil von Anfang an nicht sicher war, wann wir fahren würden. Aksu mußte den Sommer über im Spital bleiben, er hatte seinen Anspruch auf Urlaub zugunsten von Kollegen mit Kindern abgetreten. Wenn wir nicht bald fuhren, blieb nur mehr der Herbst, wenn ich dann überhaupt noch in der Stadt war. Wir beschränkten uns darauf, davon zu reden, uns gegenseitig eine Frist einzuräumen, in der der Traum den Raum zwischen uns füllte. Ich nahm den Traum so weit ernst, daß ich mir schon Gedanken darüber machte, was ich zu Sevim und Turgut sagen würde. Ob die Tatarin mir helfen konnte? Ich dachte daran, ihr einfach davon zu erzählen, sie zu fragen, was ich sagen, tun, vorgeben sollte. Diese Seite des Traums war mir unangenehm, ich versuchte, sie zu verdrängen, sie nicht zur Kenntnis zu nehmen, doch ich mußte immer wieder daran denken. Es würde nicht mehr so sein wie früher, wenn ich mit Aksu von der Reise zurückkam. Es würde auch nicht mehr so sein, als hätte ich Aksu erfunden, um etwas zu haben, das ich Sevim und Turgut entgegenhalten konnte. Ich würde Sevim und Turgut brauchen, um Aksu zu ertragen.

Nachts jedoch, wenn ich aufwachte und mich kaum umzudrehen wagte, um Sevim nicht zu wecken, überkam mich manchmal eine so große Sehnsucht nach dem Meer entlang der Küste, den Farben, Gerüchen, Bewegungen, die mir freistanden, die den Zwang dieser Dreiheit von mir nahmen, die mich von all der Rücksichtnahme entbanden, die ich zu üben hatte, und ich sah mich mit fliegenden Haaren über Steine und Sand aufs Wasser zulaufen, mit ausgebreiteten Armen und schreiend, fallend und gleichzeitig lachend über das Übermaß an Bewegung, an Laut und Blick, dem ich mich ohne Einschränkung hingeben konnte.

Also doch eine Art Dreifaltigkeit: Allah – Muhammed – Ali, der Gast, der Freund. Die Inkarnation, die höher gehalten wird als das Urbild, ein Mysterium? Gewiß: *Elif – Lam – Ye*. Das Gesicht als Buchstabe, Ort der Theophanie. Die Erregung, die einen befällt, beim Suchen nach magischen Wörtern, beim Entdecken immer anders strukturierter Kosmogonien, beim Herauslösen von Sätzen aus dem Zusammenhang.

Das Weltall steht auf einem roten Stein aus dem Paradies. Darunter ist ein gelber Ochse, darunter ein Fisch, darunter Meer, darunter Wind, unter dem Wind ist Finsternis. In der linken und in der rechten oberen Bildecke je ein Engel, die die guten und bösen Eigenschaften des Menschen verkörpern. Gesichter zwischen Flügeln. In der Mitte ein Engel in Menschengestalt, aus den Buchstaben einer Koransure, das Verhältnis der menschlichen Temperamente und der Sternzeichen zueinander darstellend. In seiner einen Hand ein wild gewordener Löwe, in der anderen ein Drache, dahinter Meer und Bäume. Der Engel steht auf dem Fisch. In einer anderen Variante: ein Baum, auf dem ein Hahn sitzt, die Engel haben keine Flügel, stattdessen sind ihre Köpfe in Medaillons gerahmt und von Blumen verziert. Der Engel in der Mitte ist ein Mensch, der auf zwei Fischen steht. Sein Leib ist von Schriftzeichen und Spruchbändern bedeckt.

Es war nicht mehr nur der Kuriosität wegen. Ich hatte mich daran gewöhnt, auch jeder kleinsten Spur zu folgen. Ich hatte begriffen, daß ich mit Engin Bey rechnen konnte. Lange hatte ich es nicht glauben wollen. Er war sehr zurückhaltend. Um jeden Hinweis mußte ich ihn gesondert bitten, mich mit ihm treffen, ihm referieren, wie weit ich gekommen war, was mir noch fehlte, wofür ich mich am ehesten interessierte. Eine beinah lächerliche Parallele zu dem Verhältnis zwischen Mürschit und Mürit, dem Derwisch und seinem Novizen, typisch für die Begriffe, mit denen ich umging, in deren Welt ich mich langsam zurechtzufinden glaubte. Manchmal hätte es mich gereizt, dieses Verhältnis bewußter und mit mehr Sorgfalt auszuweiten. Die Sparsamkeit der Auskünfte ließ mich an meiner Geduld zweifeln.

Der Weg, den Sie eingeschlagen haben, ist beschwerlich, sagte Engin Bey und als ich lachte: ich kann und will Ihnen nicht dabei helfen. Aber es beruhigte mich, daß er mir wenigstens den Weg zugestand. Einen Schritt weiter, und ich würde mich fragen, ob ich das Thema oder ob das Thema mich gefunden hatte. Ich versuchte zu verhindern, daß ich auch nur etwas von dem Ganzen auf mich bezog, mir mehr zu gestatten, als eine spielerische Identifizierung, die, wie auch Engin Bey zugab, zur Arbeit nötig war. Sogar in der Ironie lehnte Engin Bey jede Verantwortung ab, da müßte ich mich schon anderswo umsehen, wenn es mir darum ginge.

Immer wieder fing die Tatarin an, von Aksu zu reden, daß er ein guter Mensch wäre und deshalb nicht Karriere gemacht hätte. Ich hatte ihr nicht standhalten können und mein Vorsatz, nicht mit ihr über Aksu zu reden, gehörte der Vergangenheit an. Natürlich taten wir es nicht vor Engin Bey, nur wenn wir allein waren. Sie war im allgemeinen dagegen, doch bei mir und Aksu wäre das etwas anderes, bei uns würde es gehen, das könnte sie sich vorstellen. Ich wüßte ja, was sie meinte, wenn sie dagegen war, nicht um Prinzipielles, aber die Erfahrung. Sie hätte es immer wieder gesehen, das Scheitern aus Unwissenheit, den Mangel an Anpassungsvermögen, die nicht erfüllten Erwartungen. Es half wenig, ihr zu versichern, daß weder Aksu noch ich die geringsten Absichten hätten. Wir würden es schon noch sehen, meinte sie, sie hätte es im Gefühl und es machte mich mißmutig, ihr weiter zuzuhören.

Engin Bey ermutigte mich in keiner Weise, er hatte nur mein Interesse, meine Beharrlichkeit zur Kenntnis genommen. Es lag mir gar nicht so sehr daran, ihn zu überzeugen, ich wollte von seinem Wissen profitieren. Von einem gewissen Zeitpunkt an hatte ich das Gefühl, daß ich nicht mehr müßig war, daß ich den Weg betreten haben mußte, dessen Anfang ich lange genug gesucht hatte. Ich oder besser gesagt, es, hatte begonnen und mit einemmal konnte ich die verschiedenen Betrachtungsweisen koordinieren. Ich bewegte mich in einer bestimmten Richtung und konnte wieder unterscheiden zwischen dem, was ich wissen wollte, und dem, was mir gleichgültig war.

Das ist die allererste Stufe, meinte Engin Bey, Sie werden sehen, wie weit Sie kommen.

Sevim trug alte Şalvar, Pluderhosen aus geblümter Baumwolle, und eine ärmellose Bluse von mir, an die ich schon gar nicht mehr gedacht hatte. Sie war den ganzen Tag über damit beschäftigt gewesen, Wäsche zu waschen, und ihre Fingerkuppen waren hell und faltig geworden. Während sie im Hof draußen die Wäsche aufhängte, troff ihr das Wasser die Arme entlang bis in die Achselhöhlen, die sie sich frisch rasiert hatte. Ich war rasch ins Badezimmer gegangen, um mir die Hände zu waschen, ich war eben erst nach Hause gekommen und reichte ihr nun die Wäschestücke.

Schau, sagte sie und deutete auf ihr Haar, das sie in ein weißes Kopftuch, dessen Rand mit kleinen Pailletten verziert war, eingeschlagen hatte. Über ihrer Stirn waren die beiden Enden des Tuchs miteinander verknüpft und sie sah aus wie eine thrakische Feldarbeiterin. So zog sie sich immer an, wenn sie größere Arbeiten im Haus verrichtete. Auch kehrte sie den Hof mit einem Handbesen und hockend, auf archaische Weise. Ich wußte nicht, was sie mir zeigen wollte.

Was ist, hast du ein neues Tuch bekommen?

Sie winkte ab. Henna, sagte sie, ich habe mein Haar mit Henna gefärbt, und sie deutete wieder auf ihren eingebundenen Kopf. Es wird in der Sonne leuchten, ansonsten wird man nicht viel davon merken.

Ich lachte und trug die leere, flache Blechschüssel, auf der die Wäschestücke gelegen waren, ins Badezimmer zurück, um den Rest zu holen. Turgut war nicht da. Er würde vielleicht erst nachts kommen. Es geschah immer öfter, daß er spät oder gar nicht nach Hause kam. Ich saß dann mit Sevim allein im Hof draußen und las oder machte Notizen, während Sevim Deutsch lernte.

Ich war wieder bei Süheyla gewesen, mit demselben Resultat wie das letztemal, nur daß mir diesmal niemand geöffnet hatte. Ich schrieb ein paar Zeilen auf einen Zettel, den ich, als ich ihn schon zur Hälfte durch den Briefschlitz gesteckt hatte, wiederhaben wollte, da ich es für sinnlos hielt. Er klemmte und so behielt ich nur ein Stück davon in der Hand, auf dem noch ein Teil der Adresse stand. Anstatt einen neuen Zettel zu schreiben, ließ ich den halben stecken und ging. Der Türhüter sagte mir, daß die Familie inzwischen dagewesen sei, nach zwei Tagen aber wieder verreist war, ich möge es in einer Woche wieder versuchen, vielleicht hätte ich da mehr Glück.

Es war schon eine Art Trotz, der aus dem nicht Geglückten, Angefangenen und nicht zu Ende Geführten rührte, der mich immer wieder dazu veranlaßte, es noch einmal zu versuchen, ich wollte nicht aufgeben, obwohl mir Süheyla mittlerweile fast gleichgültig geworden war. Ich hatte ihr Foto tatsächlich nicht mehr gefunden und ich wußte schon gar nicht mehr, ob ich es richtig im Gedächtnis behalten hatte, und manchmal geschah es, daß mir das Bild von Aysel Nur, die ich inzwischen in einigen Filmen gesehen hatte, vor Augen trat, wenn ich an Süheyla dachte, obwohl ich genau wußte, daß sie keine Ähnlichkeit miteinander hatten.

Sevim schien nicht mit Turgut zu rechnen. Sie trug den Tee in den Hof hinaus, ich holte Käse und Oliven und wir begannen zu essen. Die Sonne war noch nicht untergegangen, als Sevim das Tuch abnahm, ihr Haar schüttelte und den Kopf gegen das Licht hielt. Es war als züngelten Flammen empor.

Kızılbaş, sagte ich zu ihr. Du bist ein echter Rotkopf, wie die Alevis mit ihren roten Turbanen.

Gott bewahre, antwortete Sevim, wir sind seit Generationen rechtgläubig. Ich versteh gar nicht, was du mit diesen Teufelsanbetern willst.

Es sind keine Teufelsanbeter. Die Teufelsanbeter sind die Yesiden.

Sevim zuckte die Achseln. Was willst du damit? Ich verstehe, daß dir die Gedichte der Bektaschi und Alevis gefallen, daß man daraus etwas über unsere heutige Sprache erfahren kann, aber all die Velis und Habibullahs, die Hacis und Pirs, die Engel, Teufel und Dämonen, wozu sollen die gut sein?

Für nichts, sagte ich, sie gehören nur einfach dazu.

Am liebsten würdest du meine Şalvar anziehen, aber was hast du davon? Ich gebe zu, du weißt besser Bescheid über Pir Sultan Abdal als ich, und wenn ich dich frage, woher das Wort Şalvar kommt, wirst du es mir sicher erklären können. Ich aber, ich ziehe diese dummen Hosen an, weil ich mich beim Wäschewaschen zu oft bükken muß. Ich ziehe sie an, weil es darum nicht schade ist. Du aber, du würdest dabei etwas fühlen, wenn du sie anziehst.

Wahrscheinlich, sagte ich. Ich würde mir einbilden, etwas kennenzulernen, was es schon nicht mehr gibt, wofür aber der Beweis erbracht werden kann, daß es es gegeben hat, daß es eine Funktion gehabt hat. Ich würde mir für einen Augenblick ein Gefühl der Exotik gestatten, nicht nur das, ich würde eine Art von Befriedigung erleben, indem ich mich für kurze Zeit durch das Tragen eines ihrer sichtbaren Merkmale mit einer anderen Auffassung von Zivilisation identifizieren könnte.

Manchmal verstehe ich dich nicht, sagte Sevim, du kennst uns, du lebst mit uns, du interessierst dich für alles, was uns betrifft, das heißt, was uns betroffen hat, du sprichst unsere Sprache, du weißt über unsere Geschichte Bescheid und trotzdem schaust du nicht wirklich um dich, nimmst vieles nicht wahr, was um dich her vorgeht. Du hast einen eigenen Blick dafür entwickelt, was von früher her noch an uns ist, aber das, was neu an uns ist, interessiert dich nicht und du nimmst es uns übel, daß wir Häuser wie dieses abreißen, um eines hinzustellen, das überall in der Welt stehen könnte. Du willst nicht begreifen, daß es keine andere Alternative gibt.

Du tust mir unrecht, sagte ich, obwohl ich genau zu wissen glaubte, was sie meinte und wie recht sie damit hatte.

Verzeih, Sevim legte mir beschwichtigend die Hände auf die Schultern. Du gehst um wie im Traum. Ich will dich warnen. Du sollst nicht glauben, daß du alles besser verstehen wirst, wenn du in der Zeit immer weiter zurückgehst. Es ist nicht nur die Tradition, weswegen alles so ist, wie es ist. Schau dir diese Stadt an, es geht schon um ganz etwas anderes.

Wir hatten noch nie so miteinander gesprochen und es kam mir seltsam vor, daß sie mit einemmal Anspruch auf eine Allgemeingültigkeit ihrer Sätze erhob, daß sie von *uns* sprach und von der *Stadt,* und es kam mir so vor, als wollte sie mich damit auf etwas aufmerksam machen, auf etwas, das ich möglicherweise wirklich übersehen hatte. Sie hatte gesagt: ich warne dich! und es war nun wirklich so, als wäre all das, was sie gesagt hatte, eine einzige Warnung, die ich nur noch nicht richtig zu deuten wußte. Und ich glaubte immer deutlicher eine Art von Veränderung zu spüren, nichts Greifbares, zumindest nicht für mich oder noch nicht für mich, veränderte sich denn nicht alles und ständig oder kam mir bloß weil oder obwohl ich nicht *um mich sah,* wie Sevim es ausdrückte, so nach und nach etwas zu Bewußtsein, was es schon seit langem gab.

Wir sind wie eine Familie, sagte ich. Ich kenne dich und Turgut und Ayten und Engin Bey und die Tatarin... Das ist genug für mich. Ihr gebt euch keine Mühe, mir etwas zu erklären. Ihr erwartet, daß ich frage, aber es ist unerträglich, wenn man immer fragen muß. Ich habe angefangen nach etwas zu suchen und dabei entferne ich mich scheinbar immer mehr von der Zeit, in der wir leben. Auch da gibt eine Frage die andere. Es fällt mir schwer, die einzelnen Antworten zusammenzufassen. Ich bin wie gefangen in all den Einzelheiten. Vielleicht sehe ich wirklich zu wenig um mich. Und dann fragte ich sie: Wo ist Turgut?

Turgut? Sevim zuckte die Schultern, tat als müßte sie selbst erst darüber nachdenken.

Ich weiß nicht. Er wird später kommen.

Ich sah sie an. Ich frage, sagte ich, aber du antwortest nicht. Ich hatte gehofft, du würdest es mir sagen, wenn etwas geschieht, von dem ich wissen sollte.

Klar, sagte Sevim. Aber es ist noch nichts geschehen. Ich sollte nicht so mit dir reden, vergiß es. Es macht mich bloß nervös, wenn nicht alle zu Hause sind.

Dein Haar ist schön geworden. Ich nahm ein paar Strähnen in die Hand und hielt sie gegen das Licht. Sie fühlten sich weich an. Man merkte nicht viel von der neuen Farbe, dennoch sah Sevim anders aus.

Eines Tages wirst du zurückfahren und uns vergessen, sagte Sevim. Du wirst dorthin zurückgehen, wo du auch vorher gelebt hast, und du wirst unsere Fotos in eine Schachtel geben oder sie sogar irgendwo einkleben und dich an uns erinnern, wenn du die Schachtel öffnest oder das Album aufschlägst. Das andere wirst du nicht vergessen oder nicht so schnell. Du wirst deine Arbeit geschrieben haben, vielleicht wirst du sogar lehren und du wirst es dir nicht leisten können, das andere zu vergessen. Du wirst mit deiner Wissenschaft ruhig in deinem Land sitzen und darüber nachdenken, wie das eine oder andere Zeichen zu deuten ist, während wir hier Seuchen oder Krieg oder Revolution haben. Aber das macht nichts, hörst du, das macht nichts, wir lieben dich und du liebst uns, und eine Zeitlang leben wir zusammen. Ich sollte nicht so mit dir reden, vergiß es... und sie küßte mich und hielt mich fest umarmt. Ich wußte nicht, was ich erwidern sollte, ihre Warnung war von Satz zu Satz deutlicher geworden. Plötzlich fing sie zu lachen an.

Wir werden noch alle verrückt, du wirst es erleben. Sie ging in die Küche, von wo sie frischen Tee holte, und setzte sich wieder zu mir. Sie schlug ihr deutsches Lehrbuch auf, blätterte darin und sagte ein paar Vokabeln auf. Plötzlich setzte sie zu einer Art Deklamation an und streifte dabei mit dem Ellbogen der Hand, die sie pathetisch emporgehoben hatte, das Buch vom Tisch.

Ich bückte mich danach, doch sie hielt mich zurück.

Laß, sagte sie, es hat keinen Sinn. Ich weiß wirklich nicht, wozu es gut sein soll. Wenn sie mit dem Haus hier anfangen, gehe ich in ein Dorf. Ich werde genug damit zu tun haben, den Kindern Lesen und Schreiben beizubringen und was sie sonst noch nötig haben. Was soll ich mich weiter damit plagen.

Das Buch blieb auf dem Boden liegen und mit einemmal schien mir alles sehr plausibel, was sie sagte. Und dann begann sie mir von ihrer Kindheit zu erzählen, von ihrem toten Bruder und von Thrakien, von dem Haus auf den Feldern, von den Rosen, die ihre Mutter gepflanzt hatte. Und sonntags waren sie in einem zweispännigen, bemalten Wagen zu einem Wäldchen gefahren und hatten dort den Samovar aufgeheizt, eine Decke ausgebreitet und das Essen aus den Körben gepackt. Die kleineren Kinder hatte man an die Bäume gebunden, ja, sagte sie, an die Bäume. Durch ein Stück Stoff mit zwei Säumen wurden Stricke gezogen, die man an den Ästen befestigte, das Baby lag drinnen und wenn es schrie, konnte man es schaukeln.

Sie erzählte von der Beschneidungsfeier ihres Bruders, wie er in seiner bunten Schärpe und der kleinen Pappkrone in dem geschmückten Bett gelegen war und die Geschenke in Empfang genommen hatte und wie dann die Karagöz-Spieler gekommen waren und ihrem Bruder und den anderen Kindern etwas vorgespielt hatten und wie dann ihre Tante, die keinen Mann gehabt hatte, gestorben war und alle darüber weinten, daß sie keinen Mann gehabt hatte, denn sie war schön gewesen und hätte gewiß schöne Kinder zur Welt gebracht. Und bald darauf war Sevims Bruder gestorben, an Blinddarmdurchbruch, sie lachte, das kann man sich heute kaum vorstellen, aber auf dem Land... Und es war nicht viel Zeit vergangen und dann starb ihr Großvater und dann ihre Großmutter, so daß sie die Klagefrauen schon kannte, ihre Gesichter ihr nicht mehr fremd waren. Sie hatte ein Lamm gehabt, ein kleines braunes Lamm, das sie gerne dafür hergegeben hätte, wenn ihr Bruder am Leben geblieben wäre. So ist man als Kind, sagte sie, man hat begriffen, daß man für alles, was man bekommt, etwas hergeben muß, warum sollte es beim Tod anders sein?

Und so, wie sie das alles erzählte, klang es, als wollte sie es für immer vergessen, als schenkte sie mir die Erinnerung an ihr früheres Leben, beinah achtlos, als wäre es ihr gleichgültig, was damit geschah, und doch voll Schmerz darüber, daß sie beschlossen hatte, sich davon zu trennen. Es war noch nicht spät, als Sevim zu erzählen aufhörte. Sie lehnte sich erschöpft zurück und für einen Augenblick wirkte sie, als wäre sie völlig ausgeronnen. In ihren Augen war keinerlei Ausdruck, sie hielt das weiße Kopftuch in der Hand und strich sich damit ein paarmal übers Haar, um zu sehen, ob es noch Farbe ließ.

Geh ins Bett, sagte ich. Ich räum die Sachen schon weg.

Sie ging ins Badezimmer und duschte sich. Ich trug das Teegeschirr in die Küche und wusch es ab. Sevim hatte mich gebeten, für Turgut etwas zum Essen zu richten. Und wieder fragte ich mich, warum er nun so selten kam, was es war, das er vorhatte. Ob ich ihn fragen sollte?

Sevim schlief bereits, als ich in unser Zimmer kam. Ich legte mich ohne Licht zu machen ins Bett, konnte aber lange nicht einschlafen und als es mir dann doch gelang, war es ein leichter, unruhiger Schlaf, aus dem ich erwachte, als Turgut nach Hause kam. Ich hörte ihn in der Küche hantieren, wahrscheinlich aß er, was ich ihm hingestellt hatte. Dann hörte ich im Badezimmer das Wasser laufen und ich versuchte wieder einzuschlafen.

Mit einemmal war ich hell wach, ohne zu wissen, wieviel Zeit inzwischen vergangen war. Sevims Atem ging ruhig, sie mußte tief und fest schlafen. Es war noch dunkel draußen, als ich aufstand und ins Badezimmer ging, um Wasser zu trinken. Ich gewöhnte mich rasch an die Dunkelheit oder wurde es tatsächlich schon heller, ich wußte es nicht. Ich sah nur die Klinke von Turguts Zimmertür mit übermäßiger Deutlichkeit vor mir.

Von der Straßenlampe drang etwas Licht in Turguts Zimmer und ich konnte ihn auf dem Boden liegen sehen. Jeden Abend breitete Sevim im ehemaligen Wohnzimmer das Bett für ihn auf, das er dann am Morgen selbst zusammenlegte und in einem Schrank verstaute.

Turgut lag mit offenen Augen da, den Blick auf mich gerichtet, ohne sich zu bewegen. Einen Augenblick lang dachte ich daran, wieder umzukehren, solange ich die Klinke noch in der Hand hielt, aber dann sah ich mich bereits auf ihn zugehen und neben ihm stehenbleiben. Er hob die Hand, als wollte er mich zu sich hinunterziehen, doch er berührte nur meine Kniekehlen, darauf wartend, daß ich mich von selbst zu ihm legte. Komm, sagte er, als ich noch immer stehen blieb, und ich hatte das Gefühl, daß er die ganze Zeit über wach gelegen war und über etwas nachgedacht hatte, mit dem ich nicht das Geringste zu tun hatte. Es klang beinahe freundschaftlich, als er noch einmal, komm! sagte, so als würden wir uns irgendwo begegnen, unter Tausenden von Leuten, unter denen aber gewiß nicht Sevim war, die im Nebenzimmer lag und jeden Moment aufwachen konnte. Am liebsten hätte ich ihn geschlagen, damit er erwachte und verstand, daß ich zu ihm gekommen war, nach all der Zeit, die wir gemeinsam unter einem Dach verbracht hatten, daß ich gekommen war, um dem Spiel ein Ende zu machen.

Ich hatte erwartet, daß er erschrecken und Angst vor jedem möglichen Geräusch haben würde, aber auch darin hatte ich mich geirrt.

Ich hatte erwartet, sein Herz klopfen und seinen Atem gehen zu hören, unter seiner ersten Umarmung nach Luft ringen zu müssen. Aber er lag nur da, den Blick, soweit ich das im Dunkel erkennen konnte, auf mich gerichtet und ich konnte seine Zähne sehen, also lächelte er, während mir das Herz bis zum Hals schlug und ich, auch wenn ich es gewollt hätte, kein Wort hervorgebracht hätte.

Mit einer langsamen Bewegung, als wollte ich mich noch eine Weile daran festhalten, zog ich mir das Nachthemd über den Kopf, und dann beugte ich mich über ihn und berührte seinen Hals, seine Schultern und seine Lenden und da merkte ich, wie sein Mund sich schloß, wie ihm das Lächeln verging, und mit einemmal hatte sein Körper begriffen, und wir liebten uns stumm und aneinander beinah erstickend, eifersüchtig auf jede ausladende Bewegung, die uns zu weit voneinander entfernt hätte.

Als ich in unser Zimmer zurückging, war es bereits hell. Sevim drehte sich im Bett herum. Ich konnte ihr Gesicht nicht sehen und wußte nicht, ob sie noch schlief oder nur mehr so tat.

Als Sevim mich am Morgen weckte, stand ich auf und ging ins Badezimmer, legte mich aber dann wieder ins Bett. Sie kam noch einmal herein, um nach mir zu sehen, und ich sagte, daß sie und Turgut, mir stieg sofort die Röte auf, als ich den Namen aussprach, nicht mit dem Frühstück auf mich warten sollten. Mir wäre nicht gut und ich würde versuchen, noch ein paar Stunden zu schlafen.

Ich hörte sie draußen miteinander reden, in demselben gleichmäßigen Singsang, als der mir ihre Sprache vorkam, wenn ich die einzelnen Wörter nicht unterscheiden konnte, wie sonst auch, und für einen Augenblick war ich geneigt, daran zu glauben, daß ich geträumt hatte. Im Halbschlaf bemerkte ich noch, wie Sevim mir eine Kanne Tee ans Bett stellte, bevor sie ging. Als ich dann gegen Mittag wirklich erwachte, war der Tee kalt und so bitter geworden, daß er nicht mehr zu trinken war. Neben dem Teeglas lag ein Zettel. Sevim und Turgut würden heute abend erst spät nach Hause kommen. Und wieder stieg mir die Röte auf. Ich sollte mit dem Essen nicht auf sie warten. Es wären frische Auberginen da, die ich in Scheiben schneiden, braten und mit Knoblauch-Joghurt essen könnte, wenn ich mir die Mühe machte.

Es war schon lange nicht mehr vorgekommen, daß ich tagsüber allein im Haus war. Es tat mir wohl und ich ging durch all die verdunkelten Räume, sah in den Hof hinaus, aus dem jeder Schatten geschwunden war, setzte mich auf verschiedene Stühle, aß mein Frühstück im Stehen in der Küche und sah all die Gegenstände, die ich nun schon seit langem kannte, auf eine neue, etwas überhöhte Weise.

Ich fühlte mich so leicht, daß ich im wahren Sinne des Wortes zu schweben glaubte, und wann immer ich an die vergangene Nacht dachte, schüttelte mich ein lautloses Lachen.

Ich trödelte vor mich hin, probierte alle meine Kleider, bis ich mich entscheiden konnte, welches ich wirklich anzog. Ich wollte den Dampfer nach Heybeli, eine der Prinzen-Inseln, erreichen und packte meine Badesachen ein. Ich würde schwimmen, lang und ausgiebig, wie ich es mir schon seit langem vorgenommen hatte. Es zahlte sich nicht aus, für drei Stunden auf eine Insel zu fahren, zu der man zwei Stunden unterwegs war, aber ich hatte Sehnsucht nach der Fähre, nach den Inselgriechen mit ihrer schnarrenden, fröhlichen Sprache, nach der Brise, die mir unter den Rock und ins Haar fahren würde, und vor allem nach Wasser. Ich hatte Sehnsucht nach den Oleandersträuchern und den Kiefern auf Heybeli und nach dem Stück steinigen Strandes, an das ich mich erinnern konnte und das eher wie das Ufer eines Gebirgssees aussah. Die Freude in mir wurde immer größer und ich gab mich ihr hin, ohne jeden Vorbehalt, mit einer Bereitschaft, die von langer Hand kommen mußte.

Ich hatte mich lange über die Bedeutung der Eroberung Ungarns, der Belagerung Wiens getäuscht, hatte die Pracht und die Großmut, die Zeichen des Reichtums und der Herrschaft für im Innern des Landes fundiert gehalten. Von einem anderen Blickwinkel aus gesehen, erschienen die Ereignisse, die Europa das Fürchten lehrten, als großangelegte Ablenkungsmanöver oder besser so, als hätte man dem von Steuereinnehmern und Gouverneuren erpreßten Anatolien etwas Rühmliches bescheren wollen für all das Geld, das man für die Kriegführung aus ihm herausgequetscht hatte. Unter Bayezit II., Selim dem Grausamen und Süleyman dem Prächtigen war in Anatolien ein Aufstand nach dem anderen ausgebrochen. Der Kampf um soziale Gerechtigkeit, kaum kaschiert von religiösen Vorstellungen, bedeutete gleichzeitig das letzte Sich-zur-Wehr-Setzen der turkmenischen Fürsten und ihrer Stämme gegen die immer mehr dem Balkan zugewandte Dynastie der Osmanen und ihres westlichen Anhangs.

Seltsam war, daß sich über die Bektaschi, ihre schiitischen und alidischen Vorstellungen, die Janitscharen, ursprünglich als Gegengewicht zum turkmenischen Rittertum gegründet, mit demselben so sehr verstanden, daß Selim der Grausame es nicht wagte, Aserbeidschan, das er besetzt hatte, zu behalten. Zuviel Blut war geflossen, Blut, um das die Bektaschi, Patrone der Janitscharen, heimlich trauerten.

Es war keine Generation her, daß Schah Ismael daran gescheitert war, ganz Ostanatolien in Besitz zu nehmen und es der Schia zuzuführen. Auch die Safawiden, die Dynastie Ismaels, waren als Bruderschaft gegründet worden, wenn auch mit militanten Zielen, und Schah Ismael gilt heute noch unter dem Namen Hatayi als einer der bedeutendsten Dichter der Bektaschi und der Alevis. Er war Propagandist in eigener Sache und seine schönen Worte trafen nur zu willige Ohren der sich viel zu weit vom Hof entfernt Dünkenden, die die Vernachlässigung und Ausbeutung satt hatten und gern ins warme Licht herrscherlicher Aufmerksamkeit, des Begehrtwerdens treten wollten. Seine Ausstrahlung war so groß, daß selbst die Gefangenen, zum Tode Verurteilten noch in ihren letzten Gedichten darum baten, ihnen das Tor zu öffnen, damit sie zum Schah gehen konnten.

Es war keine Generation her, daß der große Kalender-Aufstand losgebrochen war, geführt von Kalender Çelebi, einem Nachfahren des Idris Hoca, der sich mit Iskender Çelebi, einem Nachfahren von Balım Sultan, um die Pirswürde in der Haci-Bektaş-Tekke stritt. Während Süleyman der Prächtige, oder der Gesetzgeber, wie er eigentlich heißt, Mohács einnehmen ließ, vereinigten sich in der Gegend von Adana, Kayseri, Malatya, Sivas und Diyarbakir, die Bektaschi mit den Alevis und den Kızılbaschs der Turkmenen. Der Aufstand ertrank in Blut, brach aber an anderer Stelle erneut los. Was als Nachfolgestreit begonnen hatte, weitete sich zur Revolte mit sozialer Zielsetzung aus, zu einer Ansammlung aller jener Kräfte, die sich vernachlässigt, ausgebeutet und unterdrückt fühlten. Die gesamten Turkmenenstämme hatten sich Kalender Sultan angeschlossen. Die Gleichheit an Hab und Gut wurde ausgerufen.

Nur unter Aufbietung aller Kräfte konnte der Aufstand ein Jahr später endgültig niedergeschlagen werden; er hatte sich über ganz Anatolien ausgebreitet. Nur durch großzügige Amnestien waren ein Teil der Turkmenenfürsten, die die zahlreichen Schlachten überlebt hatten, zum Abfall von Kalender Sultan zu bewegen gewesen. Von da an wurde die Nachfolge der Bektaschi-Pirs in zwei Gruppen gespalten, die Çelebis und die Dede Babas. Die albanischen Bektaschi besuchten den Scheich der Mücerred Babas, der zölibatären Väter mit dem einen Ohrring, während die anatolischen Kızılbaşs, vor allem die Alevis, sich an den Çelebi-Scheich wendeten.

Im nachhinein wurde die Zweiteilung der Bektaschi mit einem Streit um die Biographie des Haci Bektaş Veli noch untermauert: Die Çelebis behaupten, er sei mit Kadıncık Ana verheiratet gewesen (eine andere Version sagt: mit deren Tochter, Fatma Nuriye Hatun, dem glücklichen Engel) und sie selbst würden von seinem Sohn Seyid Ali Timur Taş abstammen, während die Mücerred Babas das bestreiten und beschwören, der Sohn sei nur ein Sohn des Weges gewesen.

Ich war in den Bazar gegangen, um Ersever zu besuchen, den ich schon längere Zeit nicht gesehen hatte. Ich brachte ihm Übersetzungen seiner Gedichte und wollte ihn zu Rate ziehen, da ich wieder eine Reihe von Neologismen gefunden hatte, die weder Sevim noch Aksu hatten erklären können. Ich mußte eine Weile auf ihn warten, während mir der Armenier Kaffee bringen ließ und mir eine Zigarette anbot. Ersever kam aus dem Raum über dem Laden, entschuldigte sich und setzte sich mir gegenüber an den Schreibtisch. Er sah müde aus, und seine Haut war großporig und glänzend. Er hustete nach dem ersten Zug aus der Zigarette, rauchte aber, nachdem er sich mehrmals geräuspert hatte, weiter, mit einer Gier, die mir an ihm fremd war.

Ich hatte einen Augenblick zu lang auf sein unrasiertes Gesicht und seinen dreckigen Hemdkragen geschaut und er fühlte sich dazu verpflichtet, mir zu erklären, daß er die Nacht durchgearbeitet hatte, er könnte sonst den Termin, den ihm der Verlag gesetzt hatte, nicht einhalten, und wenn er ihn nicht einhielt, konnte das Buch erst im nächsten Jahr erscheinen und da war es möglicherweise schon zu spät.

Zu spät wofür? Ich fragte nicht sosehr interessiert, als vielmehr höflich, kam mir doch vor, als sagte er das nur so vor sich hin, in einem weitgefaßten Ausdruck von Koketterie, von der gewiß auch er nicht frei war und auf die ich, den Regeln gemäß, zu reagieren trachtete. Die Zeiten ändern sich, sagte er.

Es könnte Ihnen jemand zuvorkommen? Ich lachte, sicher, daß er mit: das nicht, aber... antworten würde. Gerade mein Lachen mußte ihn aber dazu provoziert haben, die folgenden Sätze in einem seltsam scharfen Ton zu sagen, den ich von ihm nicht gewöhnt war und der mein Lachen in ein Gefühl der Abwehr, des Sich-schützen-Müssens gegen alles, was er nun erzählen würde, verwandelte.

Ich erfuhr, daß man zwei seiner Freunde, einen Dichter und einen Essayisten, in Haft genommen und einer Reihe von Verhören unterzogen hatte, mit der Begründung, sie hätten sich der Aufwiegelung schuldig gemacht, indem sie staatsfeindliche Schriften verfaßt hatten. Ich kannte die beiden nicht, war aber doch überrascht, und Ersever erklärte mir, daß dies bei weitem nicht das erstemal wäre, daß man Leute ihrer Äußerungen wegen ins Gefängnis gebracht hatte.

Und meist geschah das ohne jedes Aufsehen, so daß die Bevölkerung kaum etwas davon erfuhr. Ich erinnerte mich daran, daß auch Sevim und Turgut davon gesprochen hatten, jedoch in einem Ton, als ginge mich das Ganze nichts an. Oder hatte ich sie durch mein Verhalten dazu veranlaßt, mich nicht behelligen zu wollen?

Und was ist mit Ihnen?

Ich will niemanden zu etwas bekehren, auch keinem den rechten Weg zeigen. Solange es sich schlecht und recht leben läßt, ist es mir gleichgültig, wer oben sitzt, wer es ist, den sie auf dem langen Weg zur Spitze korrumpiert haben.

Ich stellte mir die Frage, ob das auch zu den Dingen gehörte, wie räudige Katzen, bettelnde Kinder, verstümmelte Greise, meuchelnde Bluträcher, mit dem Schleier ihre abgehackten Nasen verbergende Frauen, ihren Generälen die Hand küssende Soldaten, ob das nun auch zu den Dingen gehörte, die einen nichts angingen, um die man sich als Ausländer nicht zu kümmern hatte, die man höchstens zu deuten versuchen konnte.

Man wird also nicht eines Tages kommen und Sie holen? Die mir selbst noch ungewohnte Besorgnis ließ Ersever lächeln.

Nicht so schnell, sagte er.

Ich hatte bisher immer das Gefühl gehabt, daß man es mit Dankbarkeit zur Kenntnis nahm, wenn ich mich nicht einmischte, wenn ich nicht, wie ich es ganz zu Anfang manchmal getan hatte, empört nach Hause kam und über etwas berichtete, das meinen Abscheu, meinen Zorn erregt hatte, was sie aber letztlich doch als Angriff gegen ihre Art zu leben, zu sein, auslegten. In meinem Entschluß, mich anzupassen, war ich so weit gegangen zu versuchen, die Dinge kennenzulernen, wie sie waren, ohne sie auf ihre Veränderbarkeit hin anzusehen.

Wird es zu einem Prozeß kommen? Ich suchte nach rechtlichen Formulierungen, mit denen ich die Sache in den Griff bekommen konnte, aber ich hatte so selten mit dieser Art von Terminologie zu tun gehabt, daß mir nichts einfallen wollte. Und ich kam zu meinem eigenen Erstaunen drauf, daß ich über die rechtlichen Bestimmungen, die Gesetzes- und Exekutivgewohnheiten des Landes so gut wie gar nicht Bescheid wußte.

Es kann Jahre dauern, sagte Ersever. Er war zu sehr mit den Aussichten auf seine eigene Zukunft beschäftigt, als daß er sich auf ein längeres Gespräch hätte einlassen wollen. Ich wiederum schämte mich meiner Unwissenheit. Um mich nicht noch mehr bloßzustellen, wollte ich ihm nicht mit Fragen kommen, deren Beantwortung ihm lächerlich erscheinen mußte.

Und was wird geschehen? fragte ich trotzdem. In ihrer allgemeinen Unverbindlichkeit kam mir diese Frage kindisch vor.

Ersever lachte, eher theatralisch. So als könnte man über Dinge dieser Art nur auf eine beinah theatralische Art sprechen. Sie werden sich gegenseitig die Köpfe einschlagen, und wenn sie das lang genug getan haben, wird sich eine andere Clique nach oben gekämpft haben. Sie werden keinen Stein auf dem anderen lassen. Das wird ein Jubel sein. Es klang, als dozierte er. Und wenn sie lange genug gejubelt haben, werden sie merken, daß das Blut in den Straßen knöcheltief steht, wie zum Bayram-Fest, wenn jeder Hausvater ein Lamm schlachtet. Wenn ich dann noch lebe, werde ich mich irgendwann daran erinnern müssen, daß auch ich gejubelt habe, denn sonst würde ich wahrscheinlich nicht mehr leben. Und wenn ich dann mit dem Jubeln aufhöre, wird man mich eines Tages ins Gefängnis stekken. Warum also nicht gleich?

Man hat keinen Grund, Sie einzusperren, sagte ich.

Ich weiß nicht. Er fuhr sich über den tagealten Bart, daß es knirschte. Die Gründe liegen auf der Hand, man muß die Hand nur aufmachen.

Und es wird so schlimm kommen?

Oder noch schlimmer oder nicht ganz so schlimm, was weiß ich. Er zündete sich mit dem Stummel der soeben gerauchten Zigarette eine neue an. Es ist einfach soweit, Zeit für irgend etwas, das man auf sich zukommen hört. Nur den Tag seiner Ankunft weiß man nicht genau. Schade, man könnte es sich noch gutgehen lassen bis dorthin, aber so... er lachte, als hätte er auf nüchternen Magen ein Glas Raki getrunken. Er nahm meine Hand und sagte »leben Sie wohl«, während ich aufstand. Verzeihen Sie, sagte er dann noch, als er bereits wieder auf der Treppe nach oben stand, aber ich habe die beiden wirklich sehr gut gekannt.

Auf dem Weg zur Universität hatte ich plötzlich das Gefühl, als würde ich verfolgt. Es dauerte nur so lange, bis ich es mir in einem ganzen Satz vordachte. Von wem denn? fragte ich mich und es gelang mir, darüber zu lachen. Ich glaubte auf den Titelbildern der Zeitschriften, die ich in großen Packen um einen Zeitungsverkäufer herum liegen sah, Bilder von seltsamen Greueln zu erblicken, sagte mir aber, daß sie gewiß zu den Kriegsberichten gehörten, wie sie seit Jahren aus den verschiedenen Teilen der Welt an der Tagesordnung waren. Mir kam zum Bewußtsein, daß ich seit langem keine Zeitung mehr gelesen hatte.

Im vierten Stock der Universität traf ich die Tatarin, sie kam aus Engin Beys Zimmer. Man merkte ihr jetzt die Schwangerschaft an, aber sie war nicht unförmig. Ich begleitete sie ein Stück. Auch sie kannte den Dichter und den Essayisten und meinte, es hätte so kommen müssen, gewiß seien es nicht die letzten. Sie hätten nicht die geschriebenen, sondern, was schlimmer war, die ungeschriebenen Gesetze verletzt. Nicht, daß es richtig wäre, sie einzusperren, das bei Gott nicht, aber sie hätten es sich selbst zuzuschreiben. Sie hätten es wissen können und müssen.

Wissen es viele? fragte ich.

Alle, auf die es ankommt. Sie war nicht bereit, weiter davon zu sprechen, und während sie sich im Treppenhaus beim Abwärtssteigen bei mir einhängte, erzählte sie mir die Geschichte, wie Haci Bektaş Veli nach Anatolien gekommen war:

Damals hatte nur Fatma Baci *seinen* durchs All gesandten Gruß erwidert. Als *er* dann, aus Horasan kommend, sah, daß die »Einfältigen von Rum« *ihm* den Weg versperrt hatten, flog *er* zum Thron Gottes auf, wo die Engel *ihn* begrüßten und von wo *er*, in eine Taube verwandelt, zurückkam. *Er* ließ sich sofort in Suluca Karaöyük auf einem Stein nieder. Als die »Einfältigen von Rum« dies in ihrer Wesensschau erkannt hatten, schickten sie *ihm* Doğrul, der in Gestalt eines Falken auf *ihn* niederfahren und *ihn* töten sollte. Bevor Doğrul *ihn* aber erreichte, hatte *er* sich wieder in einen Menschen verwandelt. *Er* packte Doğrul an den Füßen und schüttelte ihn, bis er ohnmächtig wurde. Als Doğrul, der ursprünglich aus dem Iraq zugewandert war, aus seiner Ohnmacht erwachte, fiel er *ihm* zu Füßen und bat *ihn* um Verzeihung. Ey Doğrul, sagte *er*, so kommt kein Mann über einen anderen. Wenn ich ein bescheideneres Tier als die Taube gefunden hätte, wäre ich in seiner Gestalt gekommen.

O Beherrscher, sagte darauf Doğrul, wie viele Männer und Frauen auch aus unserem Geschlecht kommen mögen, sie seien ein Opfergeschenk für dich und die, die dir nachfolgen.

Da schickte *er* den Doğrul zu den »Einfältigen von Rum«, damit sie zu ihm kämen. Sie aber hielten ihr Wort nicht, indem sie sich sagten, was sollen wir denn zu *ihm* gehen? Und alle 57000 zerstreuten sich in alle Windrichtungen. Da blies *er* und alle ihre Leuchter gingen, wie die einen sagen, für drei, wie die anderen sagen, gar für vierzig Tage aus. Gleichzeitig machte *er* mit dem Finger ein Zeichen, so daß sich ihre Gebetsteppiche unter ihnen verloren. Erst dann kamen sie überein, daß sie zu *ihm* gehen wollten. *Er* erzählte ihnen, wer *er* war und woher *er* kam und daß Ahmet Yesevi, der größte der 99000 Pirs von Turkestan, *sein* Mürşit gewesen war. Dafür wollten sie jedoch Beweise haben. Da kam vom Himmel ein dichter Rauch, der sich vor *ihm* niederließ. Es war ein grüner Ferman, auf dem in weißer Schrift außer der Bismillah noch *seine* Lehrerlaubnis stand. Da blieb ihnen kein Zweifel mehr. *Er* lehrte sie die Tevella, jene, die Muhammed und seine Nachkommen lieben, zu lieben und der Freund derer zu sein, der ihr Freund ist. Die »Einfältigen von Rum« ließen *ihm* je zehn von ihren Mürits und gaben *ihm* den Namen Ihtırımcı, der uns hat knien lassen. Dann baten sie darum, in ihre Häuser zurückkehren zu dürfen, und *er* gab einem jeden von ihnen ein Geschenk. Dem Wächter von Rum, Karaca Ahmet, gab er den Dämon, den *ihm* Ahmet Yesevi geschenkt hatte, damit er ihm von nun an diene und nach seinem Tod sein Grab bewache.

Wir standen schon eine Weile am Portal, als sie mit der Geschichte fertig war. Links und rechts gingen Menschen an uns vorbei, ein Strom, der in keiner der beiden Richtungen abzureißen schien. Auch Turgut kam an uns vorüber. Er war von Studenten umringt, die auf ihn einredeten und ihn weiterdrängten. Ich wußte nicht, ob er mich gesehen hatte. Er schaute nicht in unsere Richtung und war bald im Gebäude verschwunden. Sie sollten nicht dort wohnen bleiben, sagte die Tatarin. Ihr plötzliches Umschwenken von einem auf einen anderen Gegenstand brachte mich aus der Fassung.

Es ist nicht gut für Sie, sagte sie. Eines Tages wird man etwas von Ihnen verlangen und Sie werden nicht nein sagen können. Dann ging sie mit einemmal, ließ mich mitten unterm Torbogen stehen und erst als sie schon die Treppen zur Straße hinuntergegangen war, drehte sie sich noch einmal um und winkte mir.

Ich winkte verstört zurück. Dann ging ich in die Mensa. Ich wollte sehen, ob Turgut da war.

Lange vor den Aufständen der Bektaschi hatte es in Anatolien noch unter den Seldschuken Ähnliches gegeben. Die Aufstände der Babais, in denen die Unzufriedenheit der Turkmenen mit der kulturell überfremdeten, in Kunst und Reichtum sich ergehenden Hauptstadt Konya gipfelte. Kurz vor dem Einfall der Mongolen konnten die Truppen des Baba Ishak mit Hilfe der Kreuzfahrer und der Vorfahren der Osmanen blutig niedergeschlagen werden. Auch die Babais hatten die Gleichheit ausgerufen. Viele der Babais sind später zu den Bektaschi übergetreten, *im verborgenen* gab es sie bis ins 16. Jahrhundert. Bei den Babais war das schamanistische Element noch stärker ausgeprägt. Man sagt, daß Burak Baba mit nacktem Oberkörper herumgegangen wäre. Um die Hüften hätte er einen roten Schurz getragen. Auch sein Turban wäre rot gewesen und er hätte an den beiden Seiten die Hörner eines Wasserbüffels befestigt gehabt. In der Hand soll er ein langes Horn und eine große, schwarze Bettelschale, die aus einem Kürbis geschnitten war, getragen haben. Er hätte Tierlaute ausgestoßen und achtzehn Seinesgleichen mit sich geführt, die mit Schellen behängte Tamburins in Händen hielten; so wären sie von Stadt zu Stadt gezogen, hätten sich auf den Plätzen im Kreis herum aufgestellt und gespielt, wobei Burak Baba sich wie die Schamanen gedreht hatte, und wie bei diesen wäre ihr Gott *die Schönen* gewesen, sie hätten *die Schönen* angebetet. Auch war bei ihnen vieles, was sonst verboten war, erlaubt und sie hatten an Ali geglaubt.

Zu Beginn des fünfzehnten Jahrhunderts, als Tamerlan eingefallen war und das Land verwüstet hatte, so daß die Armen nichts mehr verlieren konnten, sammelten sich die unzufriedenen Turkmenen unter Scheich Bedreddin und seinen Gefährten. Diesmal wurde die Gleichheit auf die Frau und die Religion ausgedehnt. Laßt die Ulemas, die Priester und die Magier weg, und Moslems, Christen, Juden und Parsen dienen demselben Gott.

Scheich Bedreddin war ein berühmter Mystiker, der lange in Ägypten gelebt hatte und sich dann eine Zeitlang in Aserbeidschan um die Verbreitung des Ordens gekümmert hatte, noch einmal nach Ägypten zurückging, ehe er über Konya nach Anatolien heimkehrte, um einen Aufstand vorzubereiten, dessen Ziele wie ein Sakrileg gewirkt haben mußten, vorgebracht von einem Mann Gottes, der jahrzehntelang nichts anderes getan hatte, als sich von der Welt abzukehren, dessen Weisheit zwischen Kairo und Edirne, zwischen Konya und Tabriz geschätzt wurde.

1422 wurde Börklüce Mustafa, der Anhänger des Bedreddin, der den Aufstand der Simavis geführt hatte, auf einem Kamel sitzend ans Kreuz geschlagen und unter dem Spott des Teils der Bevölkerung, der ihm nicht anhing, durch die Straßen geführt.

Scheich Bedreddin soll anstelle von Muhammed als Prophet verehrt worden sein, der sich von seinen Jüngern sogar anbeten haben lassen soll. Er wurde im selben Jahr, nachdem er sich mit den Bogomilen zusammengetan hatte, gehenkt. In dem Wasser, mit dem er vor seiner Hinrichtung seine religiösen Waschungen vollzogen hatte, soll er sich in Gott und Gott in sich gesehen haben.

Beinahe alle revolutionären Bewegungen, die im Lande stattgefunden hatten, waren von Mystikern ausgegangen. Es heißt, daß auch unter den Jungtürken und später um Atatürk Derwische gewesen sein sollen, doch verglichen mit dem Aufstand eines Scheich Bedreddin nehmen sich diese bloß wie national-zivilisatorische Umstürze aus.

Immer wieder stellte ich mir die reichlich unwissenschaftliche

Frage, wie es möglich war, daß die Derwische gerade in diesem Land solchen Zustrom hatten, so daß noch zu Beginn der Republik etwa jeder zehnte Einwohner des Landes Bektaschi war oder zumindest zu deren Einflußbereich gehörte. Ich fragte mich, wie der Weg beschaffen war, welche Befriedigung er vermittelte, warum er immer mehr den Charakter einer Volksreligion bekam, wie überhaupt sich die Mystik dergestalt popularisieren ließ, daß sie die engen Zirkel der an ihrem Gewand kenntlichen, echten Derwische verlassen und *im verborgenen* durch alle Schichten und Klassen der Gesellschaft hindurch ihre Anhänger finden konnte, die mit und in ihr lebten. Wie es ihr gelungen war, den meditativen Anspruch mit dem militanten zu koordinieren. Wie sie so sehr an Boden hatte gewinnen können, um dann so schnell von der Oberfläche zu verschwinden, so daß nicht der leiseste Argwohn auf ihr weiteres Vorhandensein schließen lassen würde. War sie so sehr in *die Verborgenheit* gegangen? Ich konnte nicht glauben, daß ihre Spuren so gründlich verwischt waren, daß sie, wenn überhaupt, dann nur mehr für die Eingeweihten erkennbar waren. Oder war das alles in einer ganz anderen Art von Bewegung aufgegangen? Hatte sie nicht nur das Gewand gewechselt, sondern auch das Gesicht?

Ich wußte recht gut, wie sehr diese Fragen meiner eigenen Methode spotteten, daß ich Jahre brauchen würde, um auch nur eine davon zu beantworten. Nachdem ich gelesen hatte, was es zu lesen gab, hätte ich damit anfangen müssen, den Dingen nachzugehen, mit den Füßen zuerst und mit der Aufmerksamkeit, mit der Zielstrebigkeit und dem Heißhunger eines Fährtenhundes. Und ich würde mich entscheiden müssen, für ein Detail, für eine Frage, deren Beantwortung mich kaum mehr interessieren würde, geschweige denn meine Neugier befriedigen, die sich immer mehr auf das Ganze richtete. Mir blieb nichts übrig, als zur Kenntnis zu nehmen, daß der Weg, den ich eingeschlagen hatte, sich in nichts mit dem messen konnte, dessen Beschaffenheit ich herausfinden wollte. Ich hatte mir eingebildet, in der Vergangenheit den Schlüssel für die Gegenwart zu finden, und ich hatte das Fremdsein dadurch überwinden wollen, daß ich nach Ursprüngen suchte, die mich verstehen machen sollten. Vielleicht deshalb, weil die Angst sich verlor bei dem, was schon geschehen und nicht mehr veränderbar war und das ich trotzdem in meinen Gedanken hin und her drehen konnte? Und ich immer mehr das Gefühl bekam, mich schon ganz gut eingerichtet zu haben in jenen Gebäuden, die ich nach und nach ausgegraben hatte und in denen ich ein und aus ging, mit der Sicherheit von Blinden, die sich Schwelle um Schwelle, vom halb errichteten zum fertigen Detail hin tasten. Die persönliche Sicherheit, die ich dabei empfand, daß mir dort niemand begegnen konnte, mit dem ich leben mußte, daß ich die Gestalten auswechseln konnte wie die Bilder der Phantasie. Selbst das Blut hatte keinen unangenehmen Geruch und die Tatsache, daß Dschingis Khan oder Tamerlan oder wer auch immer es hatte vergießen lassen, wenigstens die Künstler und die Gelehrten verschonte, nahm sich auf die Distanz hin sympathisch aus. Ich kann nicht leugnen, daß es mir eine sonderbare Art von Befriedigung verschaffte, mich immer mehr in eine Welt einzubeziehen, der nichts mehr hinzugefügt werden konnte als das, was bereits begraben war. Es war das Wiederentdecken von Vorhandenem, das mir jeden Gedanken an etwas noch nicht Vorhandenes, an etwas, das erst geschehen mußte, austrieb. Und ich neigte immer mehr dazu, das Gegenwärtige mit dem Vergangenen, das mir immer vertrauter wurde, zu vergleichen und es auf eine Art zu objektivieren, wenn ich es überhaupt zur Kenntnis nahm, die mich von ihm entfernte, in eine trügerische Unantastbarkeit, die keine Verpflichtung, außer der unmittelbaren, persönlichen, gelten lassen wollte, zu der es aber selten kam, da ich in abwehrender Haltung dasaß und darauf wartete, daß ich mich ihr würde stellen müssen.

Was zuerst nur ein Hilfsmittel gewesen war, die Dinge um mich her besser zu verstehen, wurde immer mehr zum Vorwand dafür, mich ihnen zu entziehen, sie durch einen Vergleich wirkungslos zu machen. Und so würde es auch bleiben, solange ich es mir leisten konnte, Vergangenheit und Gegenwart nach den Gesetzen meiner Phantasie miteinander zu vertauschen, lebend in dem Bruchteil von konkreter Wirklichkeit, der sich nicht umgehen ließ. Die Frage war nur, wie lange ich es mir noch leisten konnte, und manchmal ertappte ich mich dabei, daß die Vergleiche meinen Ansprüchen nicht mehr standhielten.

Aksu gab mir einen Brief, der unter meinem Namen an seine Adresse gekommen war. Er hatte ihn unter der Tür gefunden, als er vom Spital nach Hause gekommen war. Er selbst bekam selten Briefe in die Wohnung, die meisten kamen ins Spital. Ich hatte mit der Hand das Glas umgestoßen, als ich nach dem Brief griff. Bleib, sagte Aksu. Er ging in die Küche und holte ein Tuch, um damit den Tisch abzuwischen.

Ich konnte mir nicht vorstellen, von wem der Brief war. Der Marke und dem Stempel nach mußte er in der Stadt aufgegeben worden sein, doch es stand kein Absender drauf. Ich hatte ein seltsames Gefühl und zögerte eine Weile, bevor ich ihn öffnete. Aksu lächelte und ich ärgerte mich darüber. Er sah aus, als wüßte er, von wem der Brief stammte.

Er war von Süheyla. Es dauerte eine Zeitlang, bis ich es begriffen hatte. Sie schrieb, es täte ihr leid, sogar entsetzlich leid, nicht dagewesen zu sein. Noch mehr aber würde sie es bedauern, daß sie nun noch einmal verreisen mußte und mich nicht sofort würde sehen können. Wenn ich jedoch noch ein klein wenig Geduld hätte, würde sie sich ungeheuer freuen, mich in Şişli empfangen zu können. Sie schrieb wirklich empfangen, worüber ich lachen mußte, eingedenk des seltsamen *Empfangs*, der mir beim erstenmal zuteil geworden war. Im übrigen freue sie sich sehr darauf, meine Bekanntschaft zu machen, nachdem Mahmut sie seinerzeit alle meine Briefe hätte lesen lassen. Ob ich denn gut untergebracht wäre? Ich wäre doch wohl schon länger in der Stadt. Sicher gäbe es viel, worüber wir uns würden unterhalten können.

Ich war in gereizter Stimmung. Aksu schien sich darüber zu freuen, daß ich seine Adresse mit der meinen verwechselt hatte. Überhaupt war es mir mit einemmal unerträglich, daß er alles zu wissen schien und für alles Verständnis aufbrachte, daß die Zweifel, die er an sich selbst hatte, sich in einer unendlichen Toleranz für alle anderen äußerten. Ich neigte dazu, diese Toleranz nicht zuletzt für einen Mangel an Beteiligtsein zu halten. Es ist geschehen, sagte ich, und ich weiß, du hast es immer schon gewußt, wie du immer alles gewußt hast und weißt, aber deine Weisheit macht mich krank.

An seinem Blick merkte ich, daß es ihn unvorbereitet traf, daß er es nicht gewußt hatte, so unvorbereitet, daß er seine Überraschung nicht einmal zu verbergen suchte. Und in diesem Augenblick schien er mir in seiner alles und dennoch nichts für möglich haltenden Liebe so schutzlos, wobei ich nicht einmal wußte wogegen, daß ich aufstand und ihn umarmte, um seinen Blick nicht mehr sehen zu müssen. Und ich konnte nicht anders, als immer wieder sagen: es ist geschehen, es ist geschehen, aber es klang bereits so, als wollte ich ihn und mich damit trösten. Und Aksu sagte, auch er konnte nicht anders, daß er es gewußt hätte, immer gewußt hätte, und als wir aneinander heiser geworden waren, fielen wir uns gegenseitig um den Hals.

Wir lagen auf dem Boden, hielten uns umarmt und küßten uns mit einer so großen Verzweiflung, daß mit einemmal auch das geschah, was ich nicht mehr erhofft hatte. Ich spürte, daß wir einander nahe waren, so nahe, daß ich Aksu zu erkennen glaubte.

Wir hielten uns noch umarmt, als wir später gleichzeitig erwachten. Mein Rücken schmerzte von der Härte des Bodens und ich war zu müde, um mich zu bewegen. Auch Aksu klagte über Müdigkeit. Auf irgendeine Weise waren wir uns ähnlich geworden oder hatten uns auf einer Ebene getroffen, die uns zu Ähnlichen machte. Einen Moment lang zweifelte ich daran, daß es uns überhaupt gab. Vielleicht waren wir auf unserer Flucht schon so weit gekommen, daß es wieder ein Gemeinsames gab, das sich jedoch von allem anderen so weit entfernt hatte, daß es sich in nichts mehr darauf bezog. Ich wäre gerne bei Aksu geblieben, die Nacht über und überhaupt, das Gefühl verstärkend, daß wir etwas miteinander zu tun hatten, daß wir, aufgehängt zwischen den Hörnern des gelben Ochsen der Unterwelt, hin und her schaukelten, auf sonderbare Weise miteinander verwandt und ohne Anhang. Ich wagte es nicht, vielleicht aus Angst, daß weder Aksu noch ich dazu imstande sein würden, die Wohnung je wieder zu verlassen. Wir würden uns einrichten in dieser Gemeinsamkeit, immer mehr, uns lieben und schlafen, schlafen und uns lieben, bis wir nicht mehr die Kraft hatten aufzustehen und uns nach und nach auflösten. Der Gedanke an diese Art von Auflösung schien mir immer verlockender, immer erstrebenswerter, so als wäre es das, worauf wir schon immer gewartet hatten.

Es fiel mir schwer, mich aufzurichten, und es fiel mir noch schwerer, mich so weit von Aksu zu trennen, daß wir uns nicht mehr berührten. In der Mitte des Zimmers, auf dem Weg zum Bad, drehte ich mich um und sah Aksu noch immer daliegen, ohne die geringste Veränderung, und mit einemmal überfiel mich die panische Angst, daß er tot sein könnte, daß er sich plötzlich geweigert haben könnte weiterzuleben, und ich rannte zurück, ließ mich über ihn fallen, schüttelte ihn und küßte ihn, während ich in meiner Muttersprache auf ihn einredete. Es dauerte eine Weile, bis er die Augen öffnete, während ich ihn umarmte und wieder von mir stieß und wieder umarmte.

Und bevor er aufstand, schaute Aksu auf die Uhr, und da wußte ich, daß auch er daran dachte, daß wir es trotz allem nicht hatten vergessen können.

Ab wann? fragte ich. Ab sieben oder ab acht? So als hätte ich es zumindest für eine Weile vergessen können, als wäre es nicht ganz bis zu uns vorgedrungen.

Heute um acht, sagte Aksu, wir haben noch etwas Zeit, gerade so viel, daß ich dich zurückbringen kann.

Ich stand auf und ging wieder zum Badezimmer, als ich ihn fragen hörte: willst du nicht doch bleiben?

Ich ging weiter, ohne zu antworten.

Als ich dann vor dem Spiegel stand und mir das Haar aufsteckte, sagte Aksu, der im Türrahmen stand: der Ausnahmezustand ist in den letzten Jahren so oft verhängt worden, daß es noch gar nichts zu bedeuten hat. Zuerst gibt es ein Ausgehverbot ab neun, dann ab acht und ab sieben und dann geht es wieder ab acht und nach einer Weile wird es wieder aufgehoben und dann war es wiederum nur eines von vielen Zeichen für etwas, das vielleicht gar nicht mehr kommt. Und im Grunde ist es immer dasselbe...

...mit dem Unterschied, sagte ich in den Spiegel hinein, daß sie dich oder mich erschießen, wenn es uns einfallen sollte, während des Ausgehverbots auf die Straße zu gehen, um, sagen wir, Zigaretten zu kaufen. Ja, sagte Aksu, mit diesem Unterschied. Und mit dem Unterschied, daß du früher gehen mußt und nicht bleiben willst, weil du fürchtest, es könnte ein unbeschränktes Ausgehverbot erlassen werden und du könntest nicht mehr fort und wir müßten für immer hier bleiben.

Ich konnte es nicht mehr ertragen, Aksu anzusehen, schon sein Bild im Spiegel brachte mich zum Weinen und bevor wir endgültig gingen, dachte ich noch einmal für einen Augenblick daran, die Stadt Stadt sein zu lassen, Aksu zu umarmen und nie mehr von hier fortzugehen, aber da standen wir schon in der Tür und ich konnte Aksus Gesicht nicht sehen, nur seinen Arm, der mich die Treppe hinunter geleitete.

Es schien mir kaum vorstellbar, daß die Straßen und Plätze, die von Menschen und Fahrzeugen überquollen, in spätestens einer Stunde völlig leer sein würden, daß man auf ihnen außer streunenden Katzen und Hunden nur mehr Soldaten und Polizisten würde sehen können, die, das Gewehr bei Fuß und *wer da?* rufend, ihre Straßenzüge abgingen.

Diesmal war der Ausnahmezustand verhängt worden, nachdem es zu mehreren Aufmärschen, Demonstrationen und Streiks gekommen war; doch widersprachen sich die Meldungen im einzelnen. Die meisten Gerüchte liefen darauf hinaus, daß es wiederum zu einem Regierungswechsel kommen würde, vielleicht auch zu einem Militärputsch und einem weiteren Rechtsruck, zu einem wirklichen Umschwung wäre jedoch die Zeit noch nicht reif.

Ich wunderte mich darüber, wie reibungslos mir die verschiedenen Ausdrücke über die Zunge gingen, seit ich gezwungen war, mich mit der neuen Lage auseinanderzusetzen. Daß es mir gar nicht so schwer fiel, mich zu orientieren, zumindest was die Terminologie betraf, so als wäre das, was in fast allen Teilen der Welt geschah und das über die Kommunikationsmedien täglich an einen herangetragen wurde, zu einem sprachlichen Allgemeingut geworden, das sich nach Belieben übertragen ließ. Und sobald ich die Wörter auf die Stadt und ihre gegenwärtige Situation übertrug, kam es mir so vor, als würde ich mich zurechtfinden, als wüßte ich allein dadurch schon, worum es ging und was zu tun war. Schwieriger wurde es, wenn ich versuchte, Aksu, Engin Bey, Sevim, Turgut, ja mich selbst in dieses sprachliche Modell zu integrieren, wenn ich daran dachte, was konkret und jetzt zu tun war, wie man sich verhalten sollte, was oder woran es zu glauben galt und auf welche Art es herbeigeführt werden sollte, wenn ich daran dachte, welche Rolle wir alle spielen würden und ob es überhaupt darauf ankam, daß wir eine spielten. Es war doch schon zu spät dazu, daß Aksu mich nach Hause brachte. Wir gingen die schmalen Wege und die Steintreppen von Galata bis nach Karaköy hinunter und ich stieg in ein Taxi. An den Dolmuschhaltestellen drängten sich die Menschen in dichten Trauben und ich fragte mich, wie sie es alle schaffen wollten, rechtzeitig in ihre Wohnungen zu kommen. Als ich dann Aksu nicht mehr sehen konnte, war mir plötzlich so elend zumute, daß ich es schon wieder bereute, nicht bei ihm geblieben zu sein. Und dann mußte ich an Sevim und Turgut denken. An das, was geschah, wenn ich nicht nach Hause kam. Vielleicht wäre Turgut mich suchen gegangen oder sie hätten die Polizei verständigt. Zum Schluß wäre es aus einem Mißverständnis heraus noch dazu gekommen, daß etwas geschah, daß Turgut oder Sevim, die womöglich mit ihm ging, etwas zustieß. Und mit einemmal stieg es mir über den Hals herauf heiß auf und ich atmete auf bei dem Gedanken, daß ich doch nicht geblieben war. Ich hatte das Gefühl, als erwachte ich aus einem Traum, in dem ich etwas unheimlich Wichtiges vergessen hatte, während ich nun doch noch die Möglichkeit hatte, es auszuführen, es nicht zu vergessen und dadurch ein Unglück zu verhüten.

Sevim öffnete mir die Tür, als ich nach Hause kam. Sie war allein. Turgut? fragte ich. Sie zuckte mit den Schultern. Ich glaube nicht, daß er noch kommt. Er ist bei Freunden, sie haben eine Art Versammlung. Wahrscheinlich wird er erst gegen Morgen kommen. Zumindest hoffte sie, daß er klug genug war, nichts zu riskieren. Es wäre ein Wahnsinn, sich von einem dieser bewaffneten Kerle, die sich nicht schämten, anderen Leuten das Gewehr vor die Brust zu setzen, abführen oder gar erschießen zu lassen. Und das könnte man von denen schon haben, wenn man zur unrechten Zeit auf die Straße ging. Sie war wütend darüber, daß denen, wie sie sagte, wieder einmal nichts anderes eingefallen war, als den Ausnahmezustand zu verhängen. Zum wievielten Mal denn noch? rief sie, die Hände in theatralischer Pose in die Luft gereckt.

Was würdest du an ihrer Stelle tun? fragte ich.

An ihrer Stelle? Sie sah mich verwundert an, faßte sich aber gleich wieder. Meine eigene Scheiße fressen, sagte sie dann, oder mich aufhängen.

Wir setzten uns in den Hof hinaus, machten aber kein Licht, als es dunkel wurde. Die ungewohnte Stille, entstanden durch den geringen Straßenlärm, wurde nur von Zeit zu Zeit von schrillem Pfeifen und von vereinzelten Schüssen durchbrochen. Und Sevim machte ihrer Wut und ihrem Zorn in langen, geflüsterten Tiraden Luft.

Da waren vor allem die Ahi-Bruderschaften, ein Orden der Zünfte, wenn auch mehr auf gewerkschaftlicher Basis. Sich aus der bereits im 10. Jahrhundert im Iraq nachgewiesenen Futuwwa entwickelnd, vielleicht schon damals als Ahitum unter dem Namen Futuwwa existierend, von den Pirs aus Horasan begründet, so will es die Legende, herrschten sie nach dem Zusammenbruch der mongolischen Herrschaft über ganze Städte in Anatolien.

Viele der Initiationsriten der Ahis waren auf die Bektaschi übergegangen, so das Gürten und das Erwählen eines Meisters, eines Vaters des Weges, eines rechten und eines linken Bruders des Weges, die verpflichtet waren, den Novizen das Wissen um die vier Tore zu lehren. Auch das Hüten von Hand, Lenden und Zunge und das Kochen von Helva zur Feier der Aufnahme in den Orden finden sich bei den Bektaschi wieder.

Ein Orden der Handwerker also, die in den Quellen als Arbeiter bezeichnet werden, dessen angestrebte Tugenden Freigebigkeit, Gastfreundlichkeit, Toleranz, Bildung und vor allem Solidarität waren. Die Ahis einer Stadt hatten jeweils ein Gemeinschaftshaus, in dem sie ihre Gäste bewirteten und den Abend mit Musik und Tanz verbrachten. Was die einzelnen tagsüber verdienten, lieferten sie abends ab, für ihren Unterhalt wurde zentral gesorgt.

Aus den Quellen ging nicht hervor, wie lange man Ahi sein konnte, ob es Altersbegrenzungen gab. Was man von der Futuwwa und den Cevanmerdan weiß, waren es junge Männer, die sich zu Bünden zusammenschlossen und ganze Stadtviertel in ihrer Hand hatten. Ihre Organisation wirkt eher chevaleresk, während die Ahis, obwohl ebenfalls militärisch ausgebildet, eine Gruppe von Rittern in der Gestalt von Handwerkern und Kaufleuten waren.

Auch sie bedeuteten einen wichtigen Faktor der Macht, den zu übersehen sich keiner, der zu herrschen gedachte, leisten konnte.

Es ist schwer zu sagen, an welchen Aufständen und Unruhen,

an welchen politischen Entwicklungen und an welchen sozialen Veränderungen die Ahis aktiv beteiligt waren. In Ausübung der geheimen Riten des Ordens, die sie unter Lebensgefahr nicht preisgeben durften, war es ihnen um so eher möglich, *im verborgenen* zu handeln, Geschichte zu machen, ohne in ihr aufscheinen zu müssen.

Die Kombination faszinierte mich. Eine Organisation von Handwerkern, beziehungsweise Arbeitern, die nicht nur ihre materiellen Ansprüche durch Solidarität durchsetzen konnten, sondern die sich auch um die Entwicklung eines eigenen Weltbildes bemühten und die sich innerhalb der Organisation unterrichten ließen. Es gab Lehrer für die Dinge, die mit Kultur zusammenhingen, solche für das Handwerk, Meister und militärische Ausbilder. Die sechs Prinzipien der Ahi-Ausbildung waren: Kameradschaft, Ritterlichkeit, Menschenliebe, Gleichberechtigung, Arbeitsmoral und das Erstreben des Ahi-Grades. Vor und neben den Bektaschi spielten die Ahis eine Rolle bei der Gründung und beim Aufbau des Osmanischen Reiches. So waren Osman und Orhan selbst Mitglieder der Ahi-Bruderschaft, ihre Krönung war eine Gürtung.

Das Trinken von Kumys, gegorener Stutenmilch, und die Pflege von Musik und Tanz weisen nach Turkestan und seinen Traditionen. Seltsam ist, daß im Land selbst so wenig von all dem am Leben geblieben zu sein scheint. Oder hatte sich die Bruderschaft vorzeitig überlebt, zu früh, um sich an der Integration einer proletarischen Arbeiterschaft bewähren zu können? Waren die Ahi-Bünde, entgegen den Quellen, doch zu sehr an eine mittelalterliche Vorstellung des Handwerks gebunden, als daß sie hätten überleben können, obwohl sie damals und verglichen mit allem Vergleichbaren um vieles voraus waren?

Ich kam immer wieder vom ursprünglichen Thema ab und noch weiter von den Möglichkeiten, eine Arbeit über etwas Bestimmtes zu schreiben. So als öffnete ich eine Tür, um einen Blick in eine ganz bestimmte Richtung zu tun, aber statt dessen fiel die ganze Wand ein und ich erblickte Landschaften in den seltsamsten Farben, besser gesagt, in Linien, nicht unähnlich denen der Buchstabenbilder, bei denen jedes Detail eine neue Frage stellen ließ. Ein Gefühl der Hilflosigkeit vor dem Hintergrund, der mangelnden Erkennbarkeit, trieb mich weiter. Ich wußte selbst nicht mehr, was ich eigentlich wollte.

Ich las über die Ahi-Bünde und dachte dabei an die Bektaschi, an die vier Tore, das des Gesetzes, das der Mystik, das der Wahrheit und das der Gotteskunde. Anstatt Kumys tranken die Bektaschi anfangs gegorenen Honigwein, später Schnaps, *den Weißen, der vom Schicksal bestimmt ist,* oder Wein, den *Roten Narren.*

Und all das, was mir seltsam vorkam, wie zum Beispiel, daß die Ahis die Musik nach astrologischen Gegebenheiten einteilten (für sie war die Musik von den Feen der sieben Planeten inspiriert, es galt daher, herauszufinden, wann welche Fee Wache hielt, und da die sieben Feen den Tanz liebten, wurde in den Häusern der Ahis nachts gespielt und getanzt, um sie zufriedenzustellen), all das, was mir seltsam erschien, brachte mich wiederum auf Spuren, denen nachzugehen ich eine Zeitlang bereit war. Ich sah dann turbantragende Nomaden auf Pferden mit drei weißen Beinen durch die Steppen zwischen Aral- und Baikalsee reiten, für Minuten spürte ich Hochlandklima, und ich schaute mir das Land, die Länder auf der Karte an, den winzigen Pantoffel eines frost- und hitzesteifen Riesen, in dem ich saß, und ich sagte mir, daß ich viel weiter gehen mußte, ehe ich mit irgendeiner Niederschrift beginnen konnte, daß ich die Pässe und die Trockenheiten überwinden mußte, die Sprachen und Inschriften, daß ich über Nischabur, Merw, Buchara, Samarkand, Taschkent, daß ich den Amu- und den Syr-darja, den Tien-schan und die Dsungarei bis nach Kansu überqueren mußte, um was zu finden? Wüsten, Steppen, hohe Berge, mit Menschen, deren Sexualität durch die Kälte und das ständige Leben im Sattel so lax geworden war, daß sie sich mit Promiskuität behalfen. Zentralasien, die legendäre Quelle, aus der alles kommen soll, ist leer. Wind, der über Dünen und Schluchten bläst, Einflußgebiet des Irans und Chinas, Oasen-Mentalität, kulturelle Stagnation, oberflächliche Angehörigkeit zu verschiedenen Weltreligionen, Bauern- oder Hirtenkultur, meistens Hirten.

Eine überraschende Parallele zwischen den Bektaschi und den tibetischen Lamas: Nur dadurch, daß sie die Methoden der Schamanen übernahmen, konnten sie Macht über den Geist der Nomaden gewinnen. So steht es irgendwo. Im Land selbst gab es schon seit langem kaum mehr Nomaden. Auch damals hatte es nicht mehr allzu viele gegeben, wenn auch ihr Geist noch lebendig war. Wozu aber der Zusammenschluß, die Organisation, deren Verrat mit dem Leben bezahlt werden mußte, der Wille, das Gleichgewicht herzustellen, die Mächtigen nicht zu mächtig werden zu lassen? Um die Einsamkeit des neuen Landes zu überwinden? Weil ein jegliches Ding seine Zeit hatte? Oder war es doch das, was sie gemeinsam ihre Herden treiben ließ, im Verband unschlagbar und wie ein Leib im Kampf, sitzend unterm gemeinsamen Dach der Jurte, nicht durch Mauern getrennt, unabhängig, aber nicht allein. War es das, dem sie sich nicht hatten entwöhnen können, das sie beschwerlichen Besitz meiden ließ und nur das mitnehmen – wie im Märchen –, was leicht an Gewicht und schwer an Wert war. Das sie nunmehr, anstatt von Teppichen, Papier mit seltsamen Zeichen und Mustern bedecken ließ, anstatt Gegenstände herzustellen, deren Transport ein Problem war?

Die Ahis hatten Gegenstände hergestellt, alle, die zu einem städtischen Leben notwendig waren. Ich fing an, im Kreis zu gehen. An diesem Punkt befiel mich immer die Sehnsucht nach der eigenen Tradition, nach dem, was wir uns eben so aufbereitet haben, aber ich widerstand allen Wünschen. Ich konnte nicht glauben, daß sie wirklich aufgehört haben sollten zu existieren, die Bünde, die Orden, die Bruderschaften. Wer weiß, in welcher Form sie nun *im verborgenen* waren. Welche Namen sie sich zugelegt hatten. Welche Riten sie pflegten, seit Musik und Tanz nicht mehr verboten waren, auch nicht das Herstellen von Bildern. Wer ihnen angehörte? Die Frage blieb in mir hängen. Aksu? Engin Bey? Ersever? Es hätte mich nicht erstaunen dürfen, wenn anderntags ein Aufstand losbrach, an dessen Spitze Turgut stand oder sonst jemand, den ich kannte. Oder litt ich bereits an Verfolgungswahn?

Wahrscheinlich als Reaktion auf einen momentanen Wettersturz, der um diese Jahreszeit ungewöhnlich war und dem ich, geschwächt durch die vorangegangene Hitzeperiode, nicht gewachsen war, bekam ich plötzlich Halsschmerzen und hohes Fieber und innerhalb kurzer Zeit griff die Infektion auf die Lunge über. Ich hatte es fertiggebracht, wie Sevim behauptete, so als hätte sie es mir zwar zugetraut, aber doch nicht erwartet, mich in diesem Land und zu dieser Jahreszeit ernsthaft zu erkälten.

Ich lag zuerst daheim, bei Sevim, die zeitweise sogar von der Schule zu Hause blieb, um mir alle halbe Stunden Tee zu bringen oder mir etwas einzugeben. Nach zwei Tagen brachte Aksu mich ins Spital. Ich konnte mich an den Streit zwischen Sevim und Aksu nur dunkel erinnern, es war so, als ginge mich das alles nichts an. Aber Aksu mußte darauf bestanden haben, mich wegzuholen, denn Sevim ließ es dann doch zu, daß er mich zum Wagen brachte.

Sevim hatte, wie mir Aksu später erzählte, lange und hartnäckig dagegen geredet, daß er mich von ihr weg, in gewiß schlechtere Pflege bringen wollte. Die Injektionen würde er mir doch zu Hause auch geben können. Und ihre Empörung wuchs nur noch, als ich mir in der ersten Nacht im Spital auch noch die Hand verbrannte, als ich das Licht löschen wollte.

Ich war Aksus private Patientin und lag des Bettenmangels wegen in seinem Zimmer, das er, wenn er Nachtdienst hatte, benutzte. Außer ihm sah ich keinen andern Arzt. Auch die Schwester kam nur selten, was auch nichts ausmachte, da Sevim beinah den ganzen Tag da war. Die ersten Tage schlief ich viel und nahm sie nur von Zeit zu Zeit wahr, wenn ich von einem Traum in einen anderen überwechselte. Einmal soll ich sie auch für jemand anderen gehalten haben, was sie trotz allem gekränkt hatte.

Als dann das Fieber zu sinken begann und ich tagsüber meist wach war, kamen sie mich besuchen, und ich muß gestehen, daß es mir wohl tat, sie alle an meinem Bett versammelt zu sehen. Sevim wies ihnen die Plätze an und verstaute die Sachen, die sie mir mitgebracht hatten, nachdem sie mich einen kurzen Blick hatte darauf werfen lassen. Das Ganze wirkte wie ein Ritus, der mir, gemessen am Grad meiner Erkrankung, als mächtige Übertreibung vorkam. Manchmal allerdings vergaßen sie mich auch, während sie um mich herum saßen, und kamen untereinander ins Reden. Meist nahm ich die Gelegenheit wahr, die Augen zu schließen und ein wenig zu schlafen, begleitet von ihren Gesprächen, von denen das eine oder andere Wort in meine Träume drang und auf seltsame Weise verändert und bezogen wurde, daß ich oft aufschreckte mit einem Bild, von dem ich nicht wußte, wie ich es in meine wache Vorstellung einpassen sollte. Ich glaubte zu wissen, daß Ayten und Engin Bey sich schon lange kannten, besser als ich je zu vermuten gewagt hatte, und während sie sich am Fußende meines Bettes unterhielten, versuchte ich unter halb geschlossenen Lidern Sevim zu beobachten, um herauszufinden, ob sie es auch wußte. Die Freundschaft zwischen Sevim und Ayten schien nicht mehr die alte zu sein oder kam es mir nur so vor, und sie hatten sich schon längst wieder ausgesöhnt, ohne daß ich es überhaupt bemerkt hatte.

Ich fragte mich, was ich dabei empfinden würde, wenn Aksu und Turgut zugleich im Zimmer wären, verlor mich aber dann in Vermutungen darüber, wer von beiden größer war, und in Gedanken ließ ich sie Rücken an Rücken stehen, wie Schulbuben, wobei ich Aksus dichtes, hochstehendes Haar mit einem Dreieck niederdrückte, damit es nicht mitgerechnet wurde.

Einmal machte ich den Fehler, Sevim nach Süheyla zu fragen, ob sie denn wieder geschrieben hätte. Erst an ihren Fragen bemerkte ich den Irrtum, aber als ich Aksu dann am Abend alleine sah, hatte ich es wieder vergessen. Manchmal träumte ich noch von ihr, aber ich konnte ihr Gesicht nicht mehr wiedererkennen.

Tagsüber kam Aksu nur, um mir Injektionen zu geben. Erst wenn

Sevim ging, es war noch immer Ausnahmezustand, wenn auch die Anfangszeiten variierten, kam er herein, setzte sich an mein Bett und wir sprachen wieder von der Reise. Nicht mehr von der großen entlang der Küste, wir würden nach Şile fahren und dort bleiben, essen, schlafen, ein wenig schwimmen, uns ruhig verhalten.

Aksu wirkte überarbeitet und hatte rot unterlaufene Augen, die in ihrer Schwärze manchmal wie die von einem Tier aussahen. Es kam vor, daß er, vor sich hinstarrend, völlig in sich versank, so daß ich schon glaubte, er wäre eingeschlafen, aber dennoch in derselben Haltung verblieb, ohne daß er mit dem Kinn von der Hand abrutschte oder auch nur mit seinem Atem verriet, daß der Schlaf ihn übermannt hatte.

Es war seltsam für mich, Aksu in dieser Umgebung, in Ausübung seines Berufes zu sehen. Ich war auch früher manchmal ins Spital gekommen, aber das war etwas anderes gewesen. Ich litt beinahe unter dem Gedanken, daß es in diesem Spital viele solcher Betten gab, über die Aksu sich in derselben Haltung und mit ähnlichen Worten beugte, während er eine Hand zwischen Daumen und Zeigefinger nahm, ihr den Puls fühlte und sie dann wieder zurück auf die Bettdecke legte, während er die Fieberkurve studierte und die einzelnen Werte miteinander verglich.

Auch die Tatarin hatte mich mehrmals besucht, mit und ohne Engin Bey. Die Schwangerschaft hatte angefangen, sie zu verändern, ihr Gesicht war breiter und ihre Augen schmaler geworden, so daß der grüne Lidstrich kaum mehr zu sehen war. Sie klagte darüber, daß sie Schwierigkeiten mit ihrem Haar hätte, keine Frisur wollte ihr mehr halten. Sie sprach längere Zeit mit Aksu, hielt ihn sozusagen fest, als er schon bei der Tür stand, und es war, als wollte sie in seinem und in meinem Blick etwas finden, das ihre Vermutungen bestätigte.

Mir träumte die seltsame Sache von den vier Söhnen, dem der Lenden, der durchs Tor des Rechts geht, dem des Weges, der die Geheimnisse der Bruderschaft wahrt, dem des Landes, der durch Wissen in die mystische Liebe eindringt, und dem, dessen Vater der Himmel und dessen Mutter die Erde ist, der sich der vollkommenen Schönheit nähert, bis zur Vereinigung. Und von den vier Reitertruppen, der mit den Grauschimmeln, der mit den Falben, der mit den Schimmeln und der mit den Rappen, die gegen das Schwarze Meer, das Weiße Meer und das Rote Meer zogen. Nur im Osten gibt es keines, bloß Steppe. Aber dann fiel mir ein, daß ich das alles sicher irgendwo gelesen hatte.

Turgut kam nicht so oft wie die anderen und wenn, dann wartete er, bis alle außer Sevim gegangen waren, erst dann fing er zu reden an. Er war der einzige, der von dem erzählte, was wirklich in der Stadt geschah. Er erzählte von den Aufmärschen, den Demonstrationen, den Gewalttaten, von denen in den Zeitungen kaum etwas zu lesen stand. Bei Zusammenstößen mit der Polizei waren Studenten erschossen worden, zwei davon müßte ich vom Sehen her kennen, sagte Turgut. Und dann verbrachten wir viel Zeit damit, daß ich versuchte, ihre Gesichter in meinem Gedächtnis zu fixieren, um etwas dabei empfinden zu können. Ich versuchte, sie Turgut zu beschreiben, darauf wartend, daß er ein Zeichen der Zustimmung gab, wenn ich auf den gekommen war, den er gemeint hatte, aber es gelang mir nicht. Auch kam mir alles, was Turgut erzählte, so unwirklich vor. Nicht daß ich es ihm nicht glaubte, aber wenn ich aus dem Fenster sah, schien mir die Umgebung des Spitals unverändert und die Leute gingen armselig und mit demselben starren Ausdruck wie sonst ihren Geschäften nach. Besonders hier in Pera schien sich nichts verändert zu haben und ich versuchte mir vorzustellen, wie die Straßen aussahen, die ich nur überquellend von durcheinander redenden, promenierenden oder einkaufenden Menschen gesehen hatte, wenn in ihnen geschossen wurde.

Wenn ich an all das zurückdenke, fällt mir auf, daß ich eigentlich kaum danach gefragt hatte, warum es Aufmärsche und Demonstrationen gab. Ich kann mich auch nicht daran erinnern, daß ich mit Engin Bey oder mit Sevim je wirklich darüber gesprochen hätte, so als wäre die Unausweichlichkeit und Unausbleiblichkeit der Veränderung unanfechtbar, als würden alle zumindest in diesem Punkt übereinstimmen, daß es eine Veränderung geben mußte oder besser gesagt, daß es eine geben würde. Ihre Reaktionen, so unterschiedlich sie sein mochten, waren solche auf eine Tatsache, über die es nicht mehr viel zu diskutieren gab. Manchmal hatte ich das Gefühl, daß ihnen allen daran gelegen war, es so rasch wie möglich hinter sich zu bringen, damit mit der wirklichen Arbeit begonnen werden konnte. Ich erinnere mich, daß Engin Bey einmal sagte, man wüßte über alles viel zu genau Bescheid, um seine Phantasie noch damit beschäftigen zu können. Nur hätte sich eben herausgestellt, daß man nicht aus den Fehlern der anderen lernen konnte. Lieber wolle er sich das Leben nehmen, als noch einmal alle Welt in Kinderschuhen einhergehen zu sehen. Die Tatarin jedoch meinte, er wisse sich einfach nicht zu helfen, was sein und ihr persönliches Pech wäre, ganz allgemein betrachtet aber könne sie sich vorstellen, daß alles nur besser werden konnte, was Engin Bey ernsthaft bestritt. Das Land befände sich genau zwischen den beiden großen Einflußsphären. Man würde nicht zulassen, daß sich die notwendigen Veränderungen auf die einzig mögliche Art vollziehen würden.

Ayten sagte dazu gar nichts und wenn, dann redete sie von Vorsichtsmaßnahmen, die man treffen sollte, um nicht versehentlich unter die Räder zu kommen, von allem anderen verstünde sie zu wenig. Sie wüßte nur, daß in dem Augenblick, wo mit Waffengewalt gekämpft wurde, sich all die Greuel wiederholen würden, von denen sie immer wieder gehört hatte, das Abschlagen von Köpfen, das Abtrennen von Gliedmaßen, das Aufschneiden der Bäuche von Schwangeren und sie zählte das ganze Repertoire her.

Für Sevim und Turgut stellte sich das Problem ganz anders, wie sie sagten, aber sie gaben es bald auf, sich darüber zu äußern. Sie sahen es mehr als das Problem des Landes als das der Stadt an und meinten, man könnte schon etwas tun.

Und Aksu? Aksu würde versuchen zu retten, was zu retten war. Er würde, ob so oder so, nicht mehr darauf warten müssen, daß jemand zu ihm kam, hier oder im Dorf, ob sie ihn akzeptierten oder nicht, sondern sie würden ihre Kranken und Verwundeten in Scharen zu ihm bringen, er würde gar nicht wissen, wo er anfangen sollte, und würde keine Zeit haben, danach zu fragen, welche Seite durch einen amputierten Arm geschwächt war. Es hatte, wie er sagte, in irgendeiner Weise schon begonnen, wenn es auch noch nicht ins Gewicht fiel, und es würde noch Jahre so weitergehen. Diejenigen gäben sich einer Illusion hin, die meinten, daß die Zeit schon gekommen wäre. Das Maß sei noch nicht voll, doch würden die nächsten Jahre unangenehm genug werden, um es voll zu machen. Die Zeiten, in denen irgendwo im Land ein Aufstand ausgebrochen war, wären vorbei, außerdem wüßte man schon, daß Erhebungen dieser Art noch immer von der Zentralgewalt niedergeschlagen worden waren, auch wenn es längere Zeit gedauert hatte. Das Land wäre viel zu wichtig für die Großmächte, als daß sie nicht versuchen würden, jeden Aufruhr im Keim zu ersticken. Es wäre ein Unsinn zu glauben, man könnte eine Entscheidung treffen und damit auch nur irgend etwas erreichen, was nicht schon anderswo beschlossen worden war.

Es mußte noch gewesen sein, als ich Fieber gehabt hatte, denn ich konnte mich nicht daran erinnern, daß die Tatarin mir das Buch gegeben hatte. Sie lachte laut, als sie wiederkam und ich gerade darin las, meinte dann aber, sie hätte es nur schwer über sich gebracht, es mir zu geben, eigentlich hatte sie vorgehabt, es mir erst bei meiner Abreise zu geben. Es war das Legendenbuch mit der Vita des Haci Bektaş Veli. Ich ermüdete noch leicht und außerdem tat es mir fast leid, daß ich nun selbst alles lesen mußte.

Sobald das Fieber gesunken war, erholte ich mich sehr rasch und Sevim nahm bereits einen Teil meiner Sachen mit nach Hause. Sie lag Aksu jeden Tag mit der Frage in den Ohren, wann er mich zurückbringen würde, und jeder Tag, den er zugab, schien ihr eine Art persönlicher Kränkung zu sein. Ich hatte wieder zu lesen begonnen und bekam nicht mehr so oft Besuch wie früher.

Wenn ich schlief, zog sich die Lektüre durch meine Träume, immer deutlicher und hartnäckiger. Ich sah mich die Schwelle des Platzes der Vierzig küssen, dann wurde ich »an der Hand genommen«, während ich für den »Schweiß des Fußes« und für das »Gürten der Löffel« zu zahlen hatte. Ich lag unter dem Leichentuch, um das Geheimnis zu erfahren, und bekannte die Sünden meines bisherigen Lebens öffentlich. Sogar den vierzigarmigen Leuchter und die Treppe mit den drei Stufen sah ich deutlich vor mir. Ich sah mich staunend an den Saum meines Kaftans greifen, das *Horn des Spotts* blasen und die große Zehe des rechten Fußes über die des linken Fußes stellen.

Und wieder konnte ich alles Geschriebene lesen. Ich hörte es mich Wort für Wort sagen, im Traum bereits wissend, daß ich die Bedeutung des Gelesenen in einem mir im Traum schon nicht mehr bewußten Zustand einmal verstanden haben mußte.

Als ich den letzten Abend mit Aksu allein war, fragte er mich, ob ich nicht doch in seine Wohnung ziehen wollte. Die Art, wie er die Frage stellte, ließ mich erkennen, daß er nicht mehr damit rechnete. Ich war mir nicht sicher, ob Sevim und er einander wirklich nicht mochten oder ob nur ihre Interessen so verschieden waren, daß sie erst gar keine Sympathie füreinander aufkommen lassen wollten.

Ich kann nicht von ihr wegziehen, sagte ich. Sie war jeden Tag da.

Aksu nickte. Wir werden bald nach Şile fahren, sagte er und es klang, als würde er sich selbst einen Befehl erteilen.

Balim Sultan soll nach Anatolien geschickt worden sein, um die dort zentrierten Bektaschi und Alevis dem Einfluß der Schiiten, vor allem der Safawiden unter Ismael Schah, zu entziehen. Angeblich war er der Sohn einer serbischen Prinzessin. Er trieb den Teufel mit Beelzebub aus. Auf ihn ging die Verpflichtung zum Zölibat, das Wein- anstatt Scherbettrinken, die Aufhebung einer Reihe religiöser Verbote, die Einführung der Zahlenmystik und der Glaube an die Dreifaltigkeit von Allah, Muhammed, dem Geist Gottes, und Ali, dem Geheimnis Gottes, zurück.

Das Hurufitum, eine Sekte, beziehungsweise ein Orden mit materialistischer Kosmogonie, der die Existenz auf zweiunddreißig

Buchstaben zurückführte, wurde an der Wende vom 14. zum 15. Jahrhundert vom Dichter Nesimî an die Bektaschi weitergegeben. Nesimî starb in Aleppo, nachdem man ihm bei lebendigem Leib die Haut abgezogen hatte. Eine Legende besagt, er hätte danach seine Haut wie ein Fell über die Schulter geworfen und wäre gleichzeitig zu allen zwölf Toren der Stadt hinausgegangen, daher hätte er auch kein Grab.

Etwa um diese Zeit dürfte man in den Tekkes der Bektaschi damit begonnen haben, sich über das Bilderverbot hinwegzusetzen, sich mehr mit dem Überbau auseinanderzusetzen und es nicht bei sozialen Ordnungen und geheimen nächtlichen Belustigungen bewenden zu lassen. Der zölibatäre Zweig faßte in den Städten und am Balkan, vor allem in Albanien Fuß. Die ursprünglichen Bektaschi verschmolzen mit den anatolischen Rotköpfen und Aleviten immer mehr zu einer sektenartigen Glaubensgemeinschaft.

Eine andere Art der Spaltung trat ein, als ein Teil der Bektaschi nicht mehr mit der Notwendigkeit einer Schwester oder eines Bruders des Weges einverstanden war. Die Quellen selbst äußerten sich nur ungenau darüber. Einerseits war zu entnehmen, daß es sich dabei jeweils um ein Paar, das nicht zur Heirat, jedoch zur lebenslangen Hilfeleistung bestimmt war, gehandelt hat. Andererseits deutet vieles darauf hin, daß das Suchen der Schwester und des Bruders des Weges beim gleichen Geschlecht und in der gleichen sozialen und beruflichen Position stattzufinden hatte, damit nicht der eine der Adler und der andere die Taube sei oder der Wolf und das Lamm. Zwischen Geschwistern des Weges gab es keine Besitztumsgrenzen und wenn einer dem anderen Böses tat, sollte sein Gesicht schwarz werden; sie hatten einander Weggefährten der Seele zu sein. Bei den Alevis suchte man sich bereits als Kind seinen Eş oder er wurde für einen gesucht, was ich für wahrscheinlicher hielt.

Wann die These von der geretteten Gesellschaft sich durchgesetzt hatte, ging aus den Quellen nicht hervor, als Motiv der Dichtung kehrte sie jedenfalls immer wieder. Die Bektaschi waren davon überzeugt, ihr anzugehören, sie gewissermaßen auszumachen. Der Überlieferung nach soll Muhammed gesagt haben, seine Gemeinde würde in 73 Parteien zerfallen, von denen genau 72 verloren waren.

Parallelen, Ähnlichkeiten, Strukturverwandtschaften, womit? Es gab sie zu unzähligen, mit Bewegungen, Überzeugungen, Organisationen. Ich war all der Besonderheiten langsam müde geworden. Was mich noch immer interessierte, waren die Gedichte, die Bilder. Ich hatte versucht, beides wieder ohne Hintergrund sehen zu lernen.

Wenn ich mit Sevim im Hof draußen saß, sah ich mir in den Büchern nur mehr die Abbildungen an. Ich machte sie auf die Krümmung einer Linie, auf die Dicke eines Strichs aufmerksam und wenn sie mich fragte, was das bedeuten, was es heißen sollte, zählte ich ihr ein paar Möglichkeiten auf, sie sollte sich selbst eine aussuchen. Ich werde, sagte ich immer wieder und für Augenblicke war mir dann wirklich so, als würde das stimmen, demnächst mit meiner Arbeit anfangen. Jetzt, wo ich mir über das Thema im klaren bin... aber während ich den Satz aussprach, war ich mir meiner Sache schon nicht mehr sicher. Mir war dann, als würde ich über ganz etwas anderes schreiben wollen, über etwas, das damit nichts oder nur am Rande zu tun hatte. Zum Beispiel über etwas Gegenwärtiges, das mich dazu zwingen würde, mich stärker mit all dem, was um mich her vorging, zu beschäftigen. Ich mußte dann anders an die Dinge herangehen, da ich mich ihnen, wenn ich ihrer müde wurde, nicht so leicht würde entziehen können.

Mein Lebensgefühl hatte sich geändert, so als wäre ich dazu imstande, mich sogar den Dingen, die um mich waren, hinzugeben. Gesten der Zärtlichkeit, die ich früher im Sinne der Anpassung ertragen, im Innern widerwillig, nur erduldet hatte, wurden mir kaum mehr bewußt, ich erwiderte sie wie selbstverständlich. So als gäbe es eine Möglichkeit, die Grenzen von mir zu anderen zeitweise zu verwischen.

Der Gedanke, in absehbarer Zeit wegfahren zu müssen oder es zu sollen, erfüllte mich mit Unbehagen und doch konnte ich es mir nicht vorstellen, auch nur einen Tag länger zu bleiben, als ich es vorgesehen hatte. Ohne daß dafür eine echte Notwendigkeit bestanden hatte, hatte ich schon vor längerer Zeit den Tag auf ein bestimmtes Datum festgelegt, vielleicht um dadurch den Charakter des Unumgänglichen noch mehr zu unterstreichen. Ich wußte, daß ich mich an diesen Tag klammerte, als wäre er der Zeitpunkt des endgültigen Erwachens, als könnte er mich daran hindern, die Grenzen so weit abzubauen, daß es mir nicht mehr gelingen würde, mich als Ich zu manifestieren. Dabei wußte ich kaum mehr, ob ich das überhaupt wollte.

Vielleicht war auch die Krankheit daran schuld, daß ich so gut wie keinen Widerstand mehr in mir verspürte, nur eine ständige Art von Erregung, die aber nichts mehr mit der zu tun hatte, die Turgut, Sevim und mich während der langen gemeinsamen Abende befallen hatte.

Ein Wort, eine Geste, die Art, wie jemand einem anderen zu essen anbot, konnten Gefühle von solcher Intensität in mir auslösen, daß ich die Augen schließen mußte, dabei konnte ich mein Herz klopfen hören.

Ich ertrug nun die Hitze schlecht und ermüdete sehr, wenn ich auch nur einen Bruchteil dessen zu Fuß zurücklegte, was ich früher aus Vergnügen gegangen war. Also ging ich in Gedanken und meine Fähigkeiten, mir einen Ort vorzustellen, wuchsen. Ich erinnerte mich an Details, die ich bewußt gar nicht gesehen hatte. Am wohlsten fühlte ich mich im Garten vor Engin Beys Haus, mit den Stimmen vom Strand her im Ohr und dem leichten Wind, der vom Ufer kam. Aber auch dort saß ich meistens nur in der Vorstellung. Der Weg war weit und anstrengend.

Turgut war erst gegen Morgen nach Hause gekommen, hatte sich gebadet und rasiert und sah nun beinah frisch aus. Wir frühstückten wie gewöhnlich im Hof draußen und als Sevim für einen Augenblick in die Küche ging, sagte mir Turgut, daß er mit mir reden wolle. Ich hatte schon nicht mehr damit gerechnet, denn seit jener Nacht hatten wir es vermieden, miteinander allein zu sein, so als hätte sich damals unser Verhältnis ein für alle Male geklärt.

Turgut fragte mich, ob ich gegen zwölf auf dem Galata-Turm sein könnte. Es überraschte mich, daß er ausgerechnet auf den Galata-Turm wollte, aber es blieb mir keine Zeit mehr, danach zu fragen, da Sevim aus der Küche zurückkam. Ich machte ihm mit der Hand ein Zeichen, daß ich kommen würde.

Wir gingen zu dritt aus dem Haus, trennten uns aber bald. Turgut wollte in Engin Beys Vorlesung nachkommen, was er dann aber nicht tat, jedenfalls konnte ich ihn nirgends sehen. Es waren weniger Studenten da als sonst, was mit den Prüfungen und dem bevorstehenden Semesterschluß zu tun haben konnte, aber auch Engin Bey schien mehrmals den Faden zu verlieren, während er ans Fenster trat und in immer kürzeren Abständen hinunterschaute. Als die Vorlesung zu Ende war, deutete er mir, ich solle auf ihn warten, während er einigen Studenten ihre Fragen beantwortete. Als sich dann alle verlaufen hatten, zog er sein Taschentuch heraus und wischte sich damit die Stirn. Es wäre Zeit, meinte er, daß das Semester zu Ende ging, in jeder Hinsicht. Dann fragte er mich, wann ich wieder zu ihnen kommen würde, ich wäre schon lange nicht in Bostancı gewesen, auch hätte ich schon geraume Zeit nicht mehr mit ihm über meine Arbeit gesprochen. Wir machten einen Tag aus und gingen dann gemeinsam zur Dolmusch-Haltestelle und fuhren im selben Dolmusch bis nach Karaköy hinunter, von wo aus Engin Bey die Fähre nahm, während ich nach Pera hinaufstieg. Ich hatte mit Aksu ausgemacht, daß ich im Spital vorbeikam und mir das Medikament holte, das er für mich besorgt hatte. Man kannte mich und ich konnte ungehindert in Aksus Zimmer gehen, wo ich eine Weile auf ihn warten mußte. Als er dann endlich kam, hatte er gerade soviel Zeit um mir zu erklären, wann ich es einnehmen mußte.

In dem Gang, auf den ich aus Aksus Zimmer kam, saßen, standen und hockten die Patienten der Ambulatorien. Mütter stillten, an die Wand gelehnt, greinende Säuglinge und zwei einander gegenüber hockende Männer spielten ein Würfelspiel, wobei sich der eine ständig am Schorf einer Kopfwunde kratzte. Ich sah sie alle, so wie ich sie immer sah, wenn ich mich beeilte, so rasch wie möglich an ihnen vorbeizukommen, ohne es verhindern zu können, daß sich mir Details einprägten, an die ich viel später noch denken mußte. Ich sah sie, ohne sie mir anzusehen, und so bemerkte ich auch Turgut erst, als er sich von der Wand löste und mitten aus ihnen hervorkam. Er folgte mir, ohne auch nur jemanden ahnen zu lassen, daß wir uns kannten, und redete nichts mit mir, obwohl wir im selben Lift fuhren, bis wir oben auf dem Turm angekommen waren. Es waren nur Touristen da und es gab einige freie Tische, aber wir gingen zuerst auf die Estrade hinaus, die den ganzen Turm umgab, und sahen auf die Stadt hinunter. Ich war noch nie hier oben gewesen und als ich plötzlich die Stadt unter mir liegen sah, aus geringer Entfernung und doch schon weit genug, um sie als Bild zu erfassen, hatte ich das Gefühl, als würde ich mich bereits von ihr entfernen, aber ich empfand keinerlei Freude dabei.

Die Stadt ist nicht das Land, sagte Turgut und es klang so, als könne ihm das Bild nichts anhaben. Für mich ist es die Stadt schlechthin, sagte ich. Wann immer ich das Wort Stadt ausspreche, werde ich zuerst an diese Stadt denken müssen. Wir gingen hinein, in den Teil, der als Kaffeehaus eingerichtet war. Es war nicht die Art von Lokal, die wir zu besuchen pflegten, und Turgut hielt mir die Karte hin, als gelte es, eine wichtige Entscheidung zu treffen. Ich bestellte Eis, obwohl ich das nicht sollte, und auch Turgut bestellte Eis und dazu Likör und das alles mit einem solchen Ernst, daß ich beinah lachen mußte. Es sah so aus, als würde es noch lange dauern, bis wir zur Sache kamen, und ich hatte das Gefühl, es würde gar nicht mehr dazu kommen und wir würden nur einfach so dasitzen und Eis essen, als wäre es etwas Unwiederholbares, etwas, das von Augenblick zu Augenblick mehr Gewicht bekam, an das wir später einmal denken würden.

Und plötzlich hatte ich Angst davor, daß Turgut doch noch damit anfangen und dadurch diesem Zustand ein für alle Male ein Ende bereiten würde, und wir könnten nie mehr hier oben sitzen und Eis essen.

Wir sahen uns an, aber nicht wie früher, als wir das Spiel der gegenseitigen Erregung gespielt hatten, sondern so, als würden wir uns einander einprägen wollen, mit allen Details, die man etwa vergessen konnte. Und wir aßen langsamer, so als hinge alles von der Dauer des Eises ab, das auf unseren Zungen und in den Bechern schmolz.

Ich fahre morgen, sagte Turgut, als er den Löffel weglegte.

Ich verstand nicht, was er damit meinte.

Ich fahre nach Hause, in den Osten...

Warum jetzt? Das Semester ist noch nicht zu Ende.

Turgut drehte sich um, bevor er weitersprach. Die Stadt ist voller Spitzel. Ich war fassungslos über die Art, in der er mir gesagt hatte, daß er wegfahren würde, so als wäre das bereits etwas, das man nicht leichtsinnigerweise laut sagen durfte.

Ich habe keine Lust, mich zusammenschlagen zu lassen, ohne daß ich dagegen etwas tun kann.

Was willst du tun?

Diese Stadt ist nicht dieses Land, sagte er. Du kennst diese Stadt, aber du kennst das Land nicht, sonst würdest du es verstehen. Seit drei Jahren bin ich hier und wir reden und reden darüber, was mit diesem Land geschehen soll, was man tun kann, damit es sich ändert, aber das einzige, was dabei herauskommt, ist, daß sie auf mich aufmerksam werden, daß sie Verdacht schöpfen und mich beobachten. Ich habe es satt. Um die Stadt soll sich kümmern, wer anderswo nicht leben kann. Ich kann anderswo leben, ich habe es früher gekonnt und ich werde es wieder können.

Und dein Studium?

Turgut winkte ab. Ich will es nicht darauf ankommen lassen, daß sie mich rausschmeißen. Eine Stelle als Lehrer in einer Dorfschule wird man mir schon geben. Es gibt zu wenige, die das wollen. Jetzt kann ich das noch. Wenn sie mich erst einmal eingesperrt haben, ist es auch damit vorbei. Aber warum mußt du morgen schon fort? Ich war zu verstört um eine vernünftige Frage zu stellen.

Jeder Tag, den ich noch hierbleibe, ist ein verlorener Tag. Jeden Tag können sie mich mit etwas in Verbindung bringen, was sie dazu veranlassen würde, mich festzunehmen. Die Situation spitzt sich immer mehr zu. Bald wird es sein wie zu Abdül Hamits Zeiten.

Sie können dich doch nicht einfach einsperren, weil du dich mit Freunden triffst.

Sie warten nicht erst darauf, bis man wirklich etwas macht. Es genügt schon, wenn ihnen vorkommt, daß man etwas machen könnte.

Und ich will mich nicht einer Geringfügigkeit wegen einsperren lassen, wenn ich anderswo etwas tun kann, was nur wenige tun wollen.

Ich versuchte mir Turgut in einem der Dörfer, wie ich sie von Abbildungen und Ausflügen her kannte, vorzustellen. All die Monate hatte ich mich mit Vermutungen, mit Anspielungen zufrieden gegeben. Da war eine Zeit gewesen, in der ich von Sevim hatte fortziehen wollen, um nicht mehr neben Turgut leben zu müssen. Aber ich hatte nach nichts gefragt und war geblieben. Es wurde und war mir klar, daß es diese seltsame Art von Spannung gewesen war, die mich daran gehindert hatte, eine Entscheidung zu treffen. Dann, als ich gelernt hatte, mit dieser Spannung zu leben, hatte ich auch nicht mehr weg gewollt. Es schien mir überaus wichtig, mit Sevim und Turgut zusammenzuleben. Aber war es für Sevim und Turgut wichtig gewesen, mit mir zusammenzuleben? Mit einemmal glaubte ich, Turgut zurückhalten zu müssen, ihn, wenn Argumente nicht halfen, einfach zu bitten, daß er noch bleiben möge, zumindest so lange, bis ich selbst wegfuhr. Und da schämte ich mich bereits. So hätte ich es also gern gehabt, wegzufahren von Sevim und Turgut, die am Bahnhof standen und winkten, die mich auch noch im letzten Augenblick beschworen, wenigstens eine Woche länger zu bleiben, und die mir das Versprechen abnahmen, so bald wie möglich wiederzukommen, während ich, wohl traurig, aber letztlich doch entschlossen, in ein anderes Leben fuhr. Und vielleicht würde ich nicht einmal den Versuch machen, ihm zu sagen, wie sehr mich seine Abreise traf, wie sehr ich es wünschte, mich nicht von ihm trennen zu müssen.

Es tut mir leid, sagte Turgut und wie früher manchmal lag sein Arm so dicht an meinem, daß sich die Flaumhaare verfingen. Ich kann dich auch nicht fragen, ob du mitkommen willst.

Und Sevim? Ich hatte nicht geglaubt, daß ich diese Frage je stellen würde. Turguts Gesicht veränderte sich nicht. Ich hatte damit gerechnet, daß er zumindest die Augenbrauen hochziehen würde.

Sevim? Turgut zündete sich eine Zigarette an. Sie wird wahrscheinlich nachkommen, aber ich weiß nicht, ob sie es aushalten wird. Sie hat zu lange hier gelebt.

Sie wird dorthin gehen, wo du hingehst? Ich wunderte mich selbst über die Hartnäckigkeit, Verbissenheit, mit der ich zumindest in diesem Punkt klar sehen wollte, auch jetzt noch, wo es keinen Sinn mehr hatte, außer dem, das Gewesene rückwirkend in ein anderes Licht zu setzen. Wahrscheinlich, sagte er, aber es wird noch dauern. Zuerst muß ich eine Stelle haben und dann den Kontakt mit den anderen aufnehmen, die überall im Osten verstreut sind.

Doch, dann werde ich Sevim nachkommen lassen. Er sagte es so, als wäre er jetzt erst auf die Idee gekommen.

Und plötzlich war ich von einer solchen Bitterkeit erfüllt, daß ich irgend etwas tun mußte, etwas Sinnloses, Ungehöriges, etwas, das all das Verletzende, das ich im Augenblick empfand, nach außen kehrte. Und ich sagte zu Turgut: *Ich liebe dich,* so wie man sagen würde, *ich verabscheue dich von ganzem Herzen.*

Er sah aus, als hätte er es nicht gehört, aber die Art, wie sich sein Blick an mir festbiß, verriet das Gegenteil. Und es hätte mir leid tun müssen, daß ich es gesagt hatte, aber es tat mir nicht leid, noch nicht, und die Bitterkeit fing langsam an, sich zu lösen, und je mehr sie sich löste, desto trauriger wurde ich.

Turgut sagte noch immer nichts und ich begann zu wünschen, daß er mich anschreien, mich beschimpfen möge oder zumindest sagen würde, daß ich gelogen hatte. Und da er es nicht sagte, mußte ich es tun. Ich habe gelogen, sagte ich. Es stimmt nicht. Ich wollte nur nicht, daß du vor mir die Stadt verläßt. Ich will dich an meinem Zug stehen und winken sehen.

Komm, sagte Turgut, wir gehen, und er legte zwei Geldscheine auf den Tisch. Wir standen beide gleichzeitig auf und gingen zum Lift. Während wir abwärts fuhren, umklammerte er mein Handgelenk und ließ es auch nicht los, als wir schon auf der Straße waren.

Wir fingen an zu gehen und wir gingen, ohne ein Wort miteinander zu reden. Es war etwas an diesem Gehen, das man nicht vergessen kann, und die Leute auf den Gehsteigen wichen uns aus. Es war, als wären wir in dieser Haltung erstarrt, als gäbe es gar keine andere Möglichkeit, als so zu gehen, als wäre Turguts Hand an meinem Gelenk festgewachsen, und dennoch war es anders als früher, als die geringste Berührung Erregung erzeugt hatte. Erst als ich vor Erschöpfung die Beine nachzuziehen begann, hielt Turgut ein Taxi auf.

Sevim öffnete uns. Ihr Gesicht war blaß und zerknittert, so als hätte sie geweint. Erst jetzt nahm Turgut die Hand von meinem Arm.

Während ich in Sevims und mein gemeinsames Zimmer ging, hörte ich, wie Turgut zu Sevim sagte, daß er es mir erzählt hätte. Daß er es für richtig hielt, daß ich es nun doch erfahren hatte. Ich legte die Bücher, die ich mit mir herumgetragen hatte, zu den anderen. Für einen Augenblick kam es mir so vor, als hätte jemand in meinen Sachen gewühlt.

Ich konnte nicht verstehen, was Sevim darauf erwiderte, aber es klang so, als wäre sie immer dagegen gewesen.

Später half ich Sevim beim Kochen, was sie ohne Protest zuließ.

Turgut packte inzwischen seine Sachen. Mir kam alles so unwirklich vor und trotzdem hatte ich das Gefühl, als wäre ich plötzlich aufgewacht, als würde ich jeden Schritt, jede Bewegung in diesem mir so vertrauten Raum auf eine neue Weise begreifen. Ich konnte meinen Händen zusehen, wie sie unabhängig von mir nach Messern und Gabeln griffen, wie sie Gemüse von seiner Schale befreiten oder irgend etwas unter einen Wasserstrahl hielten und sie taten genau das, was diese Art von Tätigkeit von ihnen verlangte, ohne zu zögern, ohne danebenzugreifen, so als hätten sie all das schon oft getan und mich kam ein großes Staunen an, denn es war, als hätten sie im Traum, durch all das unbewußte Beobachten etwas gelernt, was sie nun, da die Situation es erforderte, ausführten.

Ich fragte mich, wie ich als Ganzes funktioniert haben würde, wenn Turgut mich gefragt hätte, ob ich mit ihm ginge. Ob es mir dann nicht ähnlich ergehen würde, daß ich plötzlich das Gefühl hätte, aufzuwachen, um mit Verwunderung festzustellen, daß ich genau so funktionierte, wie die Situation es erforderte.

Mich überkam die unbändige Lust zu fragen, nach jedem Detail, zum Beispiel auch danach, warum Sevims Eltern noch immer nicht aus Bursa zurückgekommen waren. Ich wollte danach fragen, wo Sevim und Turgut neulich abends gewesen waren, überhaupt danach, was sie taten, wenn ich nicht bei ihnen war. Mit wem und wo sich Turgut traf, worüber sie im einzelnen sprachen, was sie im großen und im kleinen vorhatten. Mit welchen Mitteln sie das, was sie erreichen wollten, zu erreichen versuchen würden. Ich wollte all das bestätigt haben, was ich bisher vermutet hatte. Ich wollte, wenn ich Turgut schon nicht wiedersehen würde, zumindest alles über die Zeit wissen, in der ich ihn gesehen hatte. Ich wollte all die Tage rekonstruieren, und das nicht nur insoweit, als sie mit mir in Zusammenhang standen, sondern überhaupt, jede rekonstruierbare Minute. Nun, da ich angefangen hatte, etwas zu wissen, wollte ich es genau wissen. Ich würde Sevim fragen. An allen Tagen, die ich noch da war, würde ich ihr eine oder viele Fragen stellen, bis sie selbst nichts mehr wußte, was ich nicht auch wußte.

Ich wollte wirklich nicht, daß Turgut zu dir etwas sagt, meinte Sevim, als wir uns zum Essen setzten.

Ich sah vor mich hin und kämpfte mit den Tränen. Die Art, wie sie mich von vornherein ausgeschlossen und überhaupt nicht damit gerechnet hatten, daß ich mich für das, was ihnen so wichtig zu sein schien, interessieren könnte, verletzte mich. Es war so, als hätten sie nicht im entferntesten an die Möglichkeit gedacht, mich einzubeziehen. Und langsam begriff ich, daß meine vollkommene Unwissenheit eine Art Schutz für sie gewesen sein mußte. Wer weiß, wie viele Leute mich wer weiß wie oft schon nach etwas gefragt hatten, ohne daß ich es auch nur gemerkt hatte, was sie von mir wollten. Ich hätte mich nicht einmal durc h einen Blick oder durch eine Geste verraten können. Die Dinge, für die ich mich interessierte, konnten in keiner Weise Verdacht erregen, bereits Historiisches, Kuriosa, Besonderheiten. Selbst daß ich ein paar Schriftsteller kannte, war kein Beweis dafür, daß ich von irgend etwas, das in der Stadt vorging, eine Ahnung hatte.

Eine Zeitlang spielte ich sogar mit dem Gedanken, daß Sevim sich schon seinerzeit für mich interessiert hatte, weil sie mich richtig einschätzte. Vielleicht war es ihr nie darum gegangen, so rasch wie möglich Deutsch zu lernen. Oder, und das erschien mir noch richtiger, sie hatte mich, nachdem sie mich näher kennengelernt hatte, in dieser Funktion eingesetzt. Und ich hatte meine Rolle ganz nach Wunsch gespielt, keine Fragen gestellt s nd mich angepaßt, es hingenommen, von Spielregeln beherrscht zu werden, die ich zwar als solche erkannt hatte, von denen ich aber nicht wußte, zu welchem Spiel sie gehörten.

Ich werde wiederkommen, sagte ich. Dann besuche ich euch.

Das mußt du, sagte Sevim. Und auch Turgut sagte, das mußt du, unbedingt. Dann lernst du auch das Land kennen.

Wir hatten alle drei keinen großen Appetit und fingen bald zu rauchen an. Ich stand dann auf, räumte das Geschirr ab und begann Kaffee zu kochen. Auch dabei ließ Sevim mich gewähren, so als gehörte ich nun doch zu ihnen, gerade als wir anfingen uns zu trennen.

Und plötzlich war ich glücklich, glücklich darüber, daß ich Sevim und Turgut kannte, und ich wußte, daß wir uns auf eine besondere Art wirklich liebten. Ich fing zu lachen an und suchte die Spielkarten heraus und auch Sevim und Turgut lachten und dann spielten wir Karten, bis jemand über die Mauer in den Hof geklettert kam und zu Turgut leise etwas sagte. Wir erhoben uns alle gleichzeitig und legten die Karten weg. Wir standen wie in einem Kreis und Turgut umarmte und küßte zuerst Sevim und dann mich. Seine Sachen standen hinter der Tür. Geh lachend fort, sagten wir, als er sich noch einmal umdrehte und sich ebenfalls mit der üblichen Grußformel verabschiedete.

Die Aufstände, denen sich die Bektaschi im 14. und 15. Jahrhundert angeschlossen, besser gesagt, die sie angezettelt hatten, waren sozial bedingt gewesen und hatten mit der Loyalität gegen das anatolische Turkmenentum zu tun. Im 19. Jahrhundert hatte dann zum erstenmal ihre Stunde auch in bezug auf die Gunst der Bevölkerung geschlagen, als sie die Janitscharen, die schon oft genug den Suppenkessel umgestülpt hatten, bei ihrem letzten großen Aufstand auch noch anfeuerten. Mahmut II., der Reformsultan, war endlich stark genug, um sich des Janitscharenkorps ein für alle Male zu entledigen, und die Bektaschi wurden aus der Stadt verwiesen. Alle ihre Ordenshäuser, die vor weniger als sechzig Jahren erbaut worden waren, wurden abgerissen, ihre Oberhäupter in Haci Bektaş durch Scheichs der Nakşbendiye, einem sunnitischen Orden, ersetzt. Nach Mahmuts Tod jedoch wurden neue Tekkes in der Stadt errichtet.

1919 traf sich der Begründer der Republik mit dem Çelebi der anatolischen Alevis und Rotköpfe, der ihm sogar bis zu den Fünf Steinen entgegen gekommen war. Es sollen Gespräche zwischen ihm, dem Çelebi und dem Oberhaupt der zölibatären Bektaschi stattgefunden haben. Ein Jahr später zog der Çelebi als Abgeordneter der nächsten Kreisstadt ins Parlament ein, doch zwang ihn eine Krankheit bald zum Rücktritt. Fünf Jahre später wurden durch Gesetzesbeschluß sämtliche Orden des Landes aufgehoben. In einem laizistischen Staat bestünde keine Notwendigkeit mehr für sie. Außerdem wäre diese Vorgangsweise als Schritt zur Begründung der nationalen Einheit zu werten, der das Außerhalbstehen verschiedener Gruppen, Klassen und Sekten nicht zuträglich wäre. Somit endete offiziell das Bektaschitum im Lande. Was danach geschah, ist nur schwer zu eruieren. Eine Zeitlang hatte ich daran gedacht, die sich verlaufenden Spuren zu verfolgen, darüber eine Arbeit zu schreiben, in ein anderes Land zu gehen und von dort aus nach dem Verbliebenen zu suchen. Vielleicht wußte man in Ägypten oder in Albanien mehr über das Leben *im verborgenen.* Doch warum sollte ich soviel Mühe an eine offensichtlich heruntergewirtschaftete Organisation verschwenden? Oder mußte ich sie wirklich unter anderen Namen und in anderen Kreisen suchen?

Ich würde das ganze Material noch einmal durchgehen und wahrscheinlich doch eine Arbeit über die Dichtung schreiben.

> Bevor Hızır Pascha mich hängt
> Öffnet die Tore, wir gehen zum Schah
> Bevor der Tag der Hinrichtung kommt
> Öffnet die Tore, wir gehen zum Schah.

Sie gefielen mir wieder, diese Gedichte, je länger ich darin las, desto besser, auch wenn sie erst unter dem Galgen erdacht worden waren.

Von Süheyla hatte ich keine Nachricht erhalten. Eigentlich war es lächerlich, daß wir die ganze Zeit über in derselben Stadt gelebt hatten, ohne daß wir uns begegnet waren, ja lächerlich, denn es hätte ganz anders kommen können.

Ich würde eines Tages aufwachen und das alles würde mich nicht mehr betreffen, zumindest nicht unmittelbar. Und ich würde an Turgut denken, der in seinem Dorf irgendwo im Innern von Anatolien saß, und es würde mir exotisch vorkommen. Ich würde Sehnsucht haben und mir sagen, daß ich schon längst wieder einmal hätte fahren sollen. Wie viele Jahre würden es dann sein? Ich würde mir sagen, daß es absolut an der Zeit war, wenn ich das Sprechen der Sprache nicht verlernen wollte. Vielleicht war es dann auch so, daß man gar nicht mehr fahren konnte, daß die Grenzen gesperrt und das Land in einen Bürgerkrieg verwickelt war. Aber eigentlich ließ es meine Vorstellung gar nicht zu, auch nur daran zu denken, daß mit einem Schlag alles anders sein könnte, daß ich das Land nicht wiedererkennen würde.

Vielleicht kam Aksu mich einmal besuchen und ich versuchte mir vorzustellen, wie er sich ausnehmen würde in dem anderen Land, in das ich bald zurückfahren würde, und ich schämte mich, weil ich wußte, daß man ihn nur halb so gut aufnehmen würde, wie man mich hier aufgenommen hatte. Es wurde mir immer unerträglicher, daran zu denken, daß dies alles einmal keine Wirklichkeit mehr für mich sein könnte. Die beginnende Trennung verwirrte mich so, daß ich wieder anfing, mich fremd zu fühlen, wenn auch auf eine andere Art, so als würden mir sogar die Gegenstände unterm Griff zerbröckeln.

Ich war gekommen, um mein Studium abzuschließen, mich zu üben in dem, was ich bis dahin gelernt hatte. Wenn ich mich fragte, was dabei herausgekommen war, fiel mir nicht viel ein. Ich hatte viele Bücher gelesen, die Sprache sprechen gelernt, Bauwerke betrachtet, die Stadt kennengelernt und ich war mit Menschen zusammengewesen. Ich war in Verhältnisse geraten und zu Beziehungen gekommen, ich hatte mich umgesehen, aber keinen Widerstand geleistet. Ich hatte mein Kritikvermögen hinter die Anpassung gestellt und Erfahrungen gemacht, die sich als Fehlschläge erwiesen hatten. Ich hatte mich den Umständen anheimgestellt, mich zu leichtfertig identifiziert. Ich hatte es verabsäumt, mich genau genug zu informieren. Ich hatte nur über Erscheinungen und nicht über Notwendigkeiten nachgedacht. Ich hatte Gefühle deutlicher zum Ausdruck zu bringen gelernt. Ich hatte mich nicht dagegen gewehrt, in das Leben anderer miteinbezogen zu werden.

Ich liebte Aksu und ich liebte Turgut, ich liebte Sevim, Ayten und die Tatarin, ich liebte auch Engin Bey. Das war eine sinnliche Erfahrung für mich. Ich würde mich an ihren Geruch erinnern, auch wenn ich mit ihren Gesichtern bereits Mühe haben würde. Ich hatte es dennoch nicht gelernt, meinen Haß zu artikulieren, er erstickte in Unmut und Gekränktheit, in Widerwillen und schlechter Laune. Und ich neigte immer mehr dazu, mir alles Vergangene in Form von Geschichten zu merken. Mein Gott, wenn mir jemand gesagt hätte, daß ich vor Zuneigung in Tränen ausbrechen könnte, ich hätte nicht gewußt, wovon er redet.

Und ich fragte mich noch immer, mit wie wenig man wirklich auskommen konnte. Mit sehr wenig, wenn ich an die Steppen im Innern des Landes dachte, an weißen Käse, Oliven und Brot, alles andere nur im Bedarfsfall. Aber wann war man bedürftig? In solchen Augenblicken brachte mich die Notwendigkeit eines Autobusfahrscheins zur Verzweiflung. Diese Stadt, sagte ich und ich wußte, daß es nicht damit aufhörte, daß man in die Dörfer ging. Ich mußte an die vielen denken, die in ihr gelebt hatten, die nirgends sonst gelebt hatten, als in ihr, die gar nirgends anders würden leben können, wie sie meinten, wohl zu recht, sagte ich mir, denn es hört nicht damit auf, daß man weggeht.

Das Verschwinden des Schattens in der Sonne, die Entwerdung. Nachdem die Vögel unter der Leitung des Wiedehopfs auf dem Weg zum Simurgh durch das Tal des Suchens, das Tal der Liebe, das Tal der Erkenntnis, das Tal des Nichtbedürfens, das Tal der Einheit, das Tal der Verwirrung und das Tal der Entäußerung gekommen waren, welches das Tal des Vergessens war, der Stummheit, Taubheit und Bewußtlosigkeit, in dem hunderttausend Schatten vor einer Sonne vergangen waren, gelangten sie zum Königshof des Simurghs. Viele von ihnen waren unterwegs umgekommen und nur dreißig hatten das Ziel erreicht. Und als sie endlich vorgelassen wurden und auf dem Pfühl der Nähe saßen, erkannten sie nun in dem Widerschein ihrer selbst, daß sie *si-murgh*, die dreißig Vögel waren. Wenn sie auf den Simurgh blickten, so sahen sie sich selbst, und wenn sie auf sich selber blickten, so sahen sie den Simurgh, und wenn sie auf beide zugleich blickten, so sahen sie nur einen Simurgh. Da verschwanden sie in Ihm und gingen in Ihm unter. Der Schatten verschwand in der Sonne und es war zu Ende.

Doch der Tod. Für die unterwegs Gestorbenen, wie auch für diejenigen, die das Ziel erreicht hatten. Selbst wenn nach Hunderttausenden von Generationen die entwordenen Vögel sich selbst wiedergegeben werden sollten, um in das Bleiben nach dem Vergehen einzutreten, war das nur eine Beteuerung des Ungewissen, weil es über die Vorstellungskraft hinausging, weil das Wort nicht imstande war, diesen Vorgang zu beschreiben.

Turgut war fortgegangen, um etwas zu tun, und auch ich hatte das Bedürfnis, etwas zu tun, das Thema zu fixieren, nun endgültig mit meiner Arbeit anzufangen. Hektisch ging ich alle einmal erwogenen Möglichkeiten noch einmal durch, dachte daran, das Verhältnis der Eschs und der Musahips zueinander und den Niederschlag, den es in der Literatur der Bektaschis gefunden hatte, zu untersuchen. Dann wieder las ich in jedem der *sieben großen Dichter* des Bektaschitums und zog mit Kugelschreiber ihre Namen auf den löschpapierartigen Buchseiten nach.

Sie hatten alles für ihre Idee vom Simurgh hingegeben, vielleicht schon immer geahnt, daß sie es selber waren, daß es ihnen zugute kommen würde. Aber war es ihnen denn zugute gekommen? Hatten sie etwas von der Erkenntnis gehabt, wenn gleich darauf alles zu Ende war? Mir schwindelte vor den Interpretationsmöglichkeiten, die sich bei dieser Geschichte anboten. In jeder Gestalt bist Du, und Du hast selbst keine Gestalt, o Simurgh, oder nur einen Namen und keine Gestalt, wie der Zümrüd Anka. Ein Begriff also ohne leiblichen Inhalt, das, was sie sich selbst ausgedacht und dann obenan gestellt hatten, um, vor der Größe der selbstzugefügten Entbehrungen in die Knie gehend, versöhnt zu sterben?

Der *Simurgh* von Pir Sultan Abdal war um vieles konkreter, Schah Tahmasp, der Sohn des Safawiden Schah Ismael, war es, zu dem er wollte, in den Osten, noch weiter in den Osten als Turgut gefahren war. In einem seiner Gedichte heißt es, daß es 73 waren, 73, die für den Schah gekämpft hatten, die zu ihm unterwegs waren. Vielleicht waren auch bloß dreißig übrig geblieben. Aber sie hatten ihr Ziel nicht erreicht. Pir Sultan Abdal war von Hizir Pascha in Sivas gehängt worden, nachdem er noch seine Lieder gesungen hatte, wenn man der Legende trauen darf, die ihn auch wieder vom Galgen steigen und nach Horasan reisen läßt. Er soll seine Verfolger abgeschüttelt haben, indem er zur Brücke über den Kızılırmak sagte: komm! und die Brücke soll in den Fluß gefallen sein. Angeblich hat Pir Sultan ein Grab in Erdebil, dem Sitz des Schahs, was der Errichtung eines Reiterstandbildes gleichkommt, hätte man dazumal und dort Reiterstandbilder errichtet. Und angeblich hätte Hızır Pascha den Pir Sultan, dessen Schüler er einmal gewesen war, auch laufen lassen, wenn er es fertig gebracht hätte, wenigstens drei Gedichte zu machen, ohne darin den Namen des Schahs zu erwähnen. Überflüssig zu sagen, daß der Name des Schahs in jeder Strophe dieser Gedichte vorkommt.

Mein Herz will fort in den Palast des Schahs
Meine Seele sich schmücken mit dem Moschus Ali
Mein Pir ist Ali um der zwölf Imame willen
Öffnet die Tore wir wollen zum Schah.

Ich war nach Bostancı hinübergefahren, um mich noch einmal mit Engin Bey zu besprechen. Er sollte den Ausschlag geben, mir die Entscheidung nicht abnehmen, doch mich in dem Entschluß, den ich fassen würde, bestärken. Er ging auf keinen meiner Vorschläge näher ein. Seine Hinweise fielen dürftig aus und er machte Andeutungen darüber, daß ein heißer Sommer bevorstünde. Ich hatte gehofft, mich in seiner Gegenwart rascher entscheiden zu können und mit ihm schon über den Aufbau der Arbeit, die Art ihrer Durchführung zu reden.

Die Tatarin war nur für kurze Zeit aus dem Haus gekommen. Die Schwangerschaft machte ihr nun wider Erwarten doch zu schaffen, und sie klagte über Übelkeit und ständiges Sicherbrechenmüssen, womit sie eigentlich nur anfangs gerechnet hatte. Ich solle also entschuldigen, sie würde sich vor dem Essen noch hinlegen. Ich könnte aber ruhig zu ihr hineinkommen, wenn ich mit Engin Bey fertig war, und dabei zwinkerte sie mir aus verschwollenen Augen zu.

Wir sprachen über Pir Sultan Abdal und Engin Bey machte mich darauf aufmerksam, daß ich auch dessen didaktische Gedichte zu berücksichtigen hätte. Und Sie glauben, daß eine Arbeit über Pir Sultan Abdal auch für hier von Interesse sein wird? Ich wollte seine Zustimmung erzwingen.

Das hängt davon ab, wie Sie an das Thema herangehen. Es gibt schon einige Arbeiten, die sich mit ihm beschäftigen. Er ist ins Bewußtsein gedrungen, so nach und nach, man befaßt sich mit ihm. Wenn es Ihnen gelingt, einen neuen Aspekt zu finden…

Engin Bey fuhr sich mit dem gefalteten Taschentuch über die Stirn. Die Sonnenstrahlen hatten ihn erreicht und er mußte seinen Stuhl weiter weg in den Schatten rücken. Vom Strand her kamen kaum Geräusche, die Hitze mußte die Kinder samt ihren Müttern und Ammen vertrieben haben.

Der Sohn sei bei der alten Frau in der Küche, hatte die Tatarin gesagt. Er wäre in einem schwierigen Alter und nicht dazu zu bringen gewesen, herauszukommen. Später, wenn er seinen Trotz vergessen hätte, würden wir ihn schon noch zu Gesicht bekommen.

Gewiß, sagte ich, einen neuen Aspekt… Er ist gestorben, wie alle anderen auch. Engin Bey sah mich befremdet, mit hochgezogenen Augenbrauen, an und es tat mir schon leid, daß ich so offensichtlich ärgerlich geworden war. Ich bin froh, wenn das Semester zu Ende ist, sagte Engin Bey, die Unruhe nimmt von Tag zu Tag zu. Er bot mir eine Zigarette an und wir rauchten eine Zeitlang vor uns hin, ohne etwas zu sagen.

Fangen Sie nur mit Ihrer Arbeit an, sagte er dann, nach den ersten Sätzen wird alles einfacher sein. Sie werden schreiben und schreiben, ganze Stöße von Papier werden Sie vollschreiben und Sie werden sich noch wundern, wo Sie das alles herhaben. Und es klang so, als wollte er mich wegen irgend etwas trösten.

Hoffentlich, sagte ich, hoffentlich tritt dieser Zustand bald ein. Ich habe keine Geduld mehr mit mir. Und ich stand auf, um ins Haus zu gehen. Sie bleiben doch zum Essen? Engin Bey entfaltete bereits eine Zeitung und ich zuckte die Achseln. Eigentlich hatte ich vorgehabt, gleich wieder zurückzufahren.

Du wirst also eine Handvoll Hirse
Die Korn für Korn herunterfällt
Was aber wenn ich ein Rebhuhn werde
Das Korn für Korn vom Boden hebt?

sagte ich, als ich in das Zimmer trat, in dem die Tatarin sich auf einen Divan gelegt hatte. Sie hatte den Oberkörper aufgestützt und legte den Kopf schief, wie ein Vogel, der dem Lockruf des anderen lauscht. Dann antwortete sie:

Du wirst also ein scheckiges Rebhuhn
Das Korn für Korn vom Boden hebt
Was aber wenn ich zum Bussard werde
Der dich packt und gen Himmel trägt?

Sie machte mir Platz und ich setzte mich zu ihr auf den Divan.

Sie haben sich entschieden? fragte sie. Für Pir Sultan Abdal?

Ja, sagte ich mehrmals hintereinander, um mich selbst darin zu bestärken. Ich bin froh, daß Sie wieder Gedichte lesen. Sie müssen sein Werkk auswendig lernen.

Und das hilft?

Unbedingt. Sie hielt meine Hand und fing dann, wie so oft, damit an, von Aksu zu reden. Daß er ein richtiger Eş wäre, was im normalen Sprachgebrauch den Ehemann bedeutet, und der Doppelsinn, den auch die Tatarin kannte, brachte mich zum Lachen, galt es doch bei den Alevis für unmöglich, seinen Eş zu heiraten. Das Glück würde auf mich regnen, wenn ich mich endlich entschließen könnte, und ich spürte, wie ihre Hand zu schwitzen begann. Da sagte ich:

Du wirst nun also zu Regen und Sturm
Und lauerst auf meinen Wegen
Was aber wenn ich Azrael werde
Um mir deine Seele zu nehmen?

Sie ließ meine Hand los, richtete sich auf und antwortete:

Du wirst also zum Engel des Todes
Willst meine Seele dir nehmen
Was aber wenn ich Himmelsknecht werde
Um das Paradies zu sehen?

Ich verneigte mich etwas umständlich und sagte schließlich:

Du wirst also zum Knecht des Himmels
Um das Paradies zu sehen
Laß Pir Sultan seinen Meister finden
Und uns zusammen eingehen!

Ich war tatsächlich zum Essen geblieben und obwohl wir alle keinen rechten Hunger hatten und uns immer wieder gegenseitig versicherten, wie müde und erschöpft wir uns fühlten, schien es, als würde nicht bloß ich, sondern auch Engin Bey und die Tatarin versuchen, mein Fortgehen hinauszuzögern, und erst am späten Nachmittag gelang es mir dann doch, mich auf den Weg zu machen.

Als ich mit der Fähre vom Wasser her auf sie zukam, erschien mir die Stadt von einer solchen Schönheit, daß es mir beinah den Atem verschlug. Die späte Sonne ließ die Fensterscheiben und die Metalldächer der Moscheen aufflammen und das Wasser kräuselte sich in immer wieder gebrochenen Farben um die glatten dunklen Flächen, die die Schiffe hinter sich zurückließen.

Auf den Gesichtern der Übersetzenden war die Erregung zu spüren, die die Männer nach der Arbeit zu ihren Frauen nach Hause trieb, die die jungen Mädchen, zu mehreren und Arm in Arm, den Blick immer erst eine Sekunde zu spät senken machte. Der Geruch nach Zitronenwasser breitete sich aus, von Händen und Stirnen ausgehend, die damit eingerieben worden waren, um den Geruch des Schweißes vom Tag zu übertönen und es war, als würden alle versuchen, sich gegenseitig heimlich zu berühren.

Die Stadt aber, die die Sonne im Rücken hatte, sah, je später es wurde, desto mehr, wie die Kulisse zu einem monströsen Schattenspiel aus, eine Kulisse, aus der nicht Karagöz und Hacivat, sondern der Unmut an einem Übermaß der Geschichte hervortreten würde.

Auf einer der Doppelbänke am überdachten Deck saßen zwei alte Griechinnen, in schwarzen Röcken und schwarzen Blusen, auf die das weiße dauergewellte Haar herabfiel, und sie schnatterten und schluchzten ohne Unterbrechung, so als wäre es nicht ein Toter, den sie noch gestern gesprochen hatten und heute betrauerten, sondern als beklagten sie ihre Stadt über die Jahrhunderte hinweg, mit dem Anspruch gewesenen Prunks und verdorbener Herrlichkeit. Ein Hamal, dem die sackleinenen Lumpen über der Schulter aufklafften und der sein Traggestell leer neben sich stehen hatte, fing zu singen an, etwas von Jusuf und Süleiha, in langanhaltenden Meliorationen und mit vielen Aman-Rufen, was soviel wie Gnade bedeutet. Dennoch war sein Ton voller Drohung und die beiden Griechinnen hielten für einen Augenblick inne.

Ich sah Aksu erst, als ich die Anlegestelle bereits betreten hatte. Er stand an die Holzwand der Fahrkartenausgabe gelehnt da und ich hatte Mühe, durch den Strom von Menschen, der sich aus der Fähre ergossen hatte, bis zu ihm durchzukommen.

Du wartest auf mich? Ich wußte nicht, was ich davon halten sollte. Aksus Gesicht wirkte zerstreut, so als könne er sich nur mit Mühe dazu bringen, den Blick auf etwas Bestimmtes zu richten. Erst später begriff ich, daß dieses Gesicht nichts mit Zerstreutheit zu tun hatte.

Ich warte schon lange, sagte er und legte mir die Hände auf die Arme, damit ich nicht von den Leuten, die an uns vorbeidrängten, mitgerissen wurde.

Ist etwas passiert? Ich wollte sicher gehen, daß nichts passiert war, daß Aksu auf mich gewartet hatte, weil er mich ganz einfach sehen wollte, weil er sich früher hatte freimachen können, weil er vorhatte, mit mir essen zu gehen. Ich bemerkte den Brief in seiner Brusttasche, an dessen oberem Rand ich Süheylas Schrift erkannte. Sie hatte sich also doch noch gerührt und ich hob die Hand, um danach zu greifen.

Sie haben Turgut erschossen, sagte Aksu.

Ich ließ die Hand wieder sinken. Turgut? Ich verstand nicht, was er meinte. Turgut war weit fort im Osten, saß vielleicht gerade mit seinen Eltern auf dem hölzernen Balkon des Hauses, mit dem Blick auf die Straße hinunter, in dem sie wohnten, jedenfalls hatte Turgut mir einmal etwas von einem solchen Haus erzählt, und versuchte seinem Vater zu erklären, warum er zurückgekommen war.

Turgut? fragte ich noch einmal. Das ist unmöglich. Turgut hat die Stadt längst verlassen.

Für dich und die anderen, sagte Aksu, in Wirklichkeit hat er die Stadt nicht verlassen. Trotzdem war es ein Mißverständnis. Er ist gar nicht mitmarschiert. Er stand am Straßenrand, als einer der Demonstranten, der ihn offensichtlich trotz des anderen Haarschnitts und der ungewohnten Brille erkannte, auf ihn zustürzte und ihn an den Schultern packte. Für die anderen mag das so ausgesehen haben, als würden sich nun die Demonstranten mit den Passanten anlegen, und die Polizei griff sofort ein. Angeblich wurden nur Tränengas und Gummiknüppel verwendet, aber als der Rauch sich verzogen hatte, blieben Turgut und zwei andere Männer auf der Straße liegen. Turgut und einer der beiden sind tot, der dritte wird vielleicht durchkommen.

Ich konnte es noch immer nicht fassen. Turgut war nach Hause gefahren, in den Osten. Ich hatte ihn weggehen sehen. Er hatte es mir selbst gesagt. Warum hätte er mir etwas Falsches sagen sollen? Hatte Sevim es gewußt, daß er *im verborgenen* in der Stadt geblieben war? Solange ich Aksu nicht ansah, gelang es mir, an eine Verwechslung zu glauben, doch dann wurde mir klar, daß es Verwechslungen dieser Art nicht gab. Nicht bei Aksu, der ihn womöglich selbst identifiziert hatte. Und für einen Augenblick spürte ich den Haß aller Betrogenen, dann aber stieg es mir heiß die Kehle herauf und ich begann zu schlucken.

Komm, sagte Aksu, wir müssen zu Sevim. Er zog mich in Richtung auf den Taxi-Standplatz fort und wir zwängten uns durch den neuerlichen Strom von Menschen, die nun die Fähre bestiegen, um aus der Stadt kommend ans andere Ufer zu gelangen.

Und während all die Leiber an uns vorüberdrängten, zogen immer wieder Bilder durch meine Vorstellung, Bilder, die ich schon irgendwo gesehen hatte, in einem Film oder in einer Illustrierten, und die eines gemeinsam hatten, ein schwarzes Einschußloch auf dem weißen Körper eines Mannes, mit einem seltsam verfärbten Wundhof, aus dem in einer leichten Zickzacklinie ein dünner Faden von Blut rann.

Anmerkung

Ich habe für dieses Buch eine Reihe von Quellen benutzt – anders hätte ich es auch nicht schreiben können –, deren wichtigste ich hiermit angeben möchte, um Mißverständnissen vorzubeugen:
Hellmut Ritter: Das Meer der Seele.
Enver Behnan Şapolyo: Mezhepler ve Tarikatlar Tarihi.
M. Tevfik Oytan: Bektaşiliğin Içyüzü.
Abdülbâki Gölpınarlı: Alevî – Bektâşî Nefesleri.
Abdülbâki Gölpınarlı: Vilâyet-Nâme Manâkıb-ı Hünkâr Hacı Bektâş-ı Veli.
Malik Aksel: Türklerde Dinî Resimler.

Zur Aussprache der türkischen Zeichen sei noch so viel bemerkt, daß man
c wie dsch
ç wie tsch
ğ entweder wie j oder nur als Dehnung
ı wie das dumpfe i im Russischen
ş wie sch und
z wie stimmhaftes s ausspricht.

BARBARA FRISCHMUTH

Kai und die Liebe zu den Modellen

Roman. 208 Seiten, Leinen

„Wer bin ich, und was sind meine Probleme?“ Diese Frage stand am Beginn von Amy Sterns Menschwerdung, und die Antwort darauf gibt ihr das Leben selbst. Zusammen mit Kai, ihrem Kind, lebt sie in der Großstadt und arbeitet als Schriftstellerin. Die Gemeinsamkeiten mit Klemens, dem Mann, den sie liebt, werden zunehmend schwieriger und seltener: zu verschieden sind beider Vorstellungen und Ansprüche an ihr jeweiliges Weiterkommen. So erkennt Amy, daß sie die Verantwortung für ihr Tun selbst übernehmen muß. Sie hilft sich dabei mit der Vorstellung davon, wie es wohl zugeht, wenn Kai mit seinen Freunden und Freundinnen beisammen ist: vor ihr entsteht das Bild einer Art Kinder-Republik, die sich durch gegenseitige Fürsorge, Selbstbehauptungswillen und Vorurteilslosigkeit auszeichnet. Mit diesem Buch findet Barbara Frischmuths große Roman-Trilogie ihren Abschluß, der mit „Die Mystifikationen der Sophie Silber“ begonnen und mit „Amy oder die Metamorphose“ fortgeführt worden war. Die drei Romane sind jeweils der Vergangenheit, der Gegenwart und der Zukunft gewidmet; der Welt der Feen und Geister, der der Frauen und der der Kinder – magische und mythische Bereiche fließen ineinander und münden in der handfesten Hoffnung auf Lebensmodelle, die das Miteinander der Menschen freier, offener und heiterer sein lassen.

RESIDENZ VERLAG

Welterfolge des Nobelpreisträgers Saul Bellow

er Regenkönig
oman
tv 193

Herzog
Roman
dtv 1383

Das Geschäft des
Lebens
Erzählung
dtv 1255

ie Abenteuer des
ugie March
oman
tv 1414

Humboldts
Vermächtnis
Roman
dtv 1525